매일 죽어야 하는 X

매일 죽어야 하는 X

정명섭 지음

초판 1쇄 발행일 2026년 2월 20일

펴낸이 이숙진 **펴낸곳** (주)크레용하우스 **출판등록** 제1998-000024호
주소 서울 광진구 천호대로 709-9 **전화** (02)3436-1711 **팩스** (02)3436-1410
인스타그램 @bizn_books **이메일** crayon@crayonhouse.co.kr

* 빛은책들은 재미와 가치가 공존하는 ㈜크레용하우스의 도서 브랜드입니다.
* KC마크는 이 제품이 공통안전기준에 적합하였음을 의미합니다.

ISBN 979-11-7121-216-3 04810

매일 죽어야 하는 X

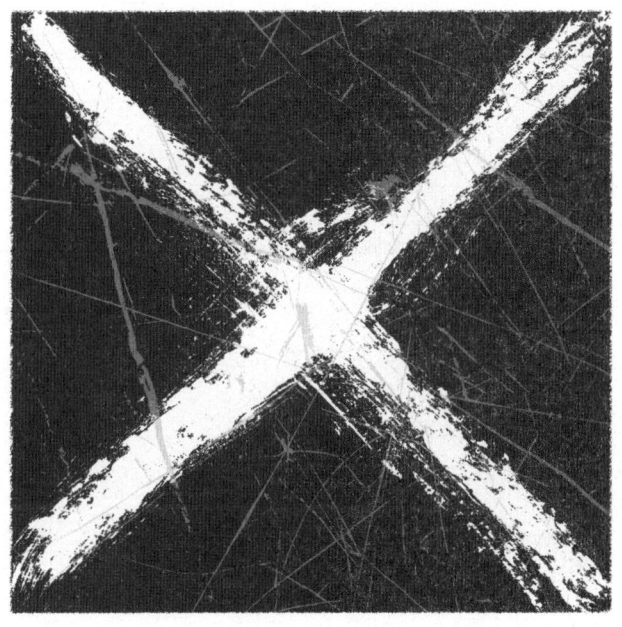

정명섭 장편소설

빚은
책들

차 례

죽음

동현은 아랫배에서 치밀어 오르는 고통을 못 이겨 걸음을 멈추고 숨을 헐떡거렸다.

주변이 어두워서 아무것도 보이지 않는데 숨을 쉴 때마다 생명이 빠져나가는 느낌이었다. 손으로 움켜쥔 아랫배에서는 계속 피 같은 것이 뚝뚝 흘러내렸다.

"대체 누가 쫓아오는 거지? 왜?"

나무를 붙잡은 채 생각에 잠긴 동현의 뒤에서 소리가 들렸다. 누군가 나뭇가지를 밟아서 부러지는 소리였다.

마치 화살처럼 쫓아오는 소리는 눈에 보이지 않기에 더 두려웠다.

'저 소리에 따라잡히면 안 돼.'

이유는 알 수 없었다.

소리에 따라잡히지 않으려고 동현은 억지로 팔다리를 움직였다.

하지만 바닥에 깔린 낙엽 때문에 자꾸만 미끄러졌다. 아랫배의 통증은 점점 심해지고 누군가 송곳을 머리에 대고 찌르는 것 같았다. 그러는 와중에 쫓아오는 소리는 더욱 가까워졌다. 이러다가 붙잡힐 것 같았다. 마음이 급해진 동현은 힘을 쥐어짰다. 하지만 몇 걸음 더 움직이지도 못한 채 주저앉고 말았다.

"이러다 따라잡히겠어."

초조한 마음에 왼손으로 나무를 붙잡고 일어났다. 나무껍질에 손바닥과 손목이 쓸렸다. 아픔을 느낄 사이도 없이 서둘렀지만 몇 걸음 걸어가지 못하고 미끄러졌다.

"으악!"

급하게 경사진 곳이라 주르륵 미끄러진 것이다.

균형을 잡지 못한 동현은 나무와 돌에 이리저리 부딪치다가 절벽에서 떨어졌다. 바닥에 떨어지면서 온몸에 극심한 충격이 왔다. 온몸의 뼈들이 다 부러졌는지 꼼짝도 할 수 없었다. 어두운 하늘에 손톱 조각처럼 박힌 초승달이 보였다. 그리고 점점 더 시야가 흐려졌다.

'이런 게 죽음인가?'

온몸에서 고통이 서서히 빠져나가고 그 자리를 차가움이

차지했다. 숨도 제대로 못 쉴 정도로 추워지는 와중에 절벽 위에 선 세 개의 그림자가 보였다.

'사, 사람인가?'

마지막 순간에서야 그들이 사람이라는 걸 알 수 있었다. 자세히 보이지는 않았지만 자신을 내려다보고 있다고 확신했다. 그리고 그 확신을 마지막으로 얼음 같은 죽음이 찾아왔다.

그곳의 아이들

때르르르릉!

귀를 찢어버릴 것 같은 시끄러운 소리에 동현은 억지로 눈을 떴다. 그리고 어리둥절한 채 주변을 둘러봤다.

'이 시끄러운 곳이 사후 세계인가?'

주변을 둘러보는데 저승 풍경이 좀 이상했다. 촌스러운 꽃무늬 커튼이 보였고, 어울리지 않는 따뜻한 햇살이 커튼 사이로 비쳤다. 혼란스러워하는 동현에게 누군가 소리쳤다.

"야! 빨리 일어나! 늦으면 아침 안 준다고 했잖아."

한없이 퉁명스러운 말투에 동현은 머리를 긁적이며 침대에서 몸을 일으켰다.

한쪽 벽이 커다란 커튼으로 막혀 있고, 조립식 침대가 네개 보였다. 침대도 주변에 커튼을 칠 수 있게 되어 있었다. 나머지 침대는 이미 비어 있었고, 동현이 누워 있던 침대 옆에는 머리가 긴 남자애가 팔짱을 낀 채 서 있었다. 눈에 짙은 아이라인을 그린 그 얼굴은 낯설고 이상해 보였다.

멍하니 바라보자 화장한 남자애가 쏘아붙였다.

"얼른 일어나라고, 너 때문에 아침 굶으면 가만 안 놔둔다."

일단 일어나야 할 거 같아서 침대 옆에 놓인 신발을 구겨 신고 복도로 나가며 속으로 중얼거렸다.

'기억이 나지 않아.'

생각나는 건 이름 정도고, 여기가 어디고 왜 왔는지 기억이 전혀 없었다. 자신을 아는 듯한 화장한 남자아이도 누군지 몰랐다. 다만, 그 애와 자신은 물론 복도에 있는 또래의 아이들 모두 같은 트레이닝복을 입고 있었다. 복도에는 전자식 시계와 달력이 있었는데 7시 55분이라는 숫자 위에는 6월 26일이라는 날짜가 보였다.

다른 기억은 없었지만 칼에 찔려 산 위에서 굴러떨어진 것까지는 명확하게 기억났다.

'죽으면서 기억이 리셋된 건가?'

하지만 주변은 저승처럼 보이지 않았다.

머뭇거리는 그에게 화장한 남자아이가 서두르라고 소리쳤다. 오래된 학교에서 볼 수 있는 널빤지 깔린 복도를 지나자 바로 현관문이 보였다. 그 앞에 국기 계양대와 조회대가 있는 게 눈에 들어왔다.

화장한 남자아이에게 질질 끌려가다시피 한 동현은 현관 밖으로 나와 계단을 내려갔다. 계단 아래 흙으로 된 운동장에는 열 명 정도 되는 또래의 남자와 여자 아이들이 있었다. 염색하거나 긴 머리를 한 아이도 있었고, 껌을 짝짝 씹으며 짝다리로 서 있는 아이도 있었다. 화장한 남자아이와 함께 대충 뒷줄에 가서 서자 바로 앞에 서 있던 덩치 큰 남자아이가 돌아봤다.

"씨발, 일찍 좀 나와. 너 때문에 오 분 넘게 서 있었잖아."

동현은 뭐라고 대꾸하려다가 깜짝 놀랐다. 어젯밤 자신을 쫓아온 세 명의 그림자 중 하나와 매우 유사했기 때문이었다. 동현이 아무 말도 하지 않자 상대방이 다시 윽박질렀다.

"내 말 무시하는 거야? 지금?"

굳은 분위기에서 아까 동현을 끌고 나온, 화장한 남자아이가 끼어들었다.

"야! 조용히 해. 미친개가 곧 나올 거야."

그 말을 들은 상대방은 곧바로 수그러들었다. 그 아이는 마지막으로 무지막지하게 따가운 눈빛을 쏘아 보내고는 앞쪽의 조회대를 바라봤다. 어젯밤 겪은 일 때문에 아직도 혼란스러운 동현은 칼에 찔린 아랫배를 슬쩍 만져봤다. 겉으로는 아무 상처도 없었다. 하지만 만지자마자 쓰라린 통증이 느껴졌다.

"아야!"

거기다 무심코 본 왼쪽 손목에도 긁힌 자국이 선명했다.

'나무를 잡다가 긁힌 곳인데 상처가 있잖아.'

그뿐만이 아니었다. 죽어가던 순간에 느끼던 공포와 두려움, 그리고 원망이 고스란히 느껴졌다.

'꿈은 아니다. 진짜 죽은 건가?'

왜 죽게 됐는지, 그리고 누가 죽였는지 궁금했지만 '동현'이라는 이름밖에는 기억이 나는 게 없었다.

'여기가 어디고 왜 왔지?'

정신을 못 차리고 있는데 조회대 위에서 벼락같은 호통이 들렸다.

"똑바로 서라고 했지? 누가 건달처럼 건들거리나?"

놀란 동현은 얼른 똑바로 섰다. 시비를 걸던 덩치 큰 아이도 앞쪽을 바라보고 얼음처럼 굳어버렸다. 조회대에는 선글라스를 쓰고 머리가 짧은 중년 남자가 서 있었다. 뒷짐을 쥔 채 아이들을 내려다보고 있었는데 한눈에도 엄청 무서워 보였다. 아이들이 미친개라고 부르는 당사자 같았다. 그리고 그제야 주변 풍경이 보였다.

'온통 산이네.'

학교 뒤쪽은 정말 가파른 산이었는데 나무가 빽빽하게 자리 잡고 있어서 온통 녹색이었다. 울퉁불퉁한 산자락 중간중간에 미처 나무가 침범하지 못한 바위들이 눈에 띄었다.

선글라스를 쓴 미친개는 아이들의 태도가 마음에 들지 않았는지 우렁찬 목소리로 외쳤다.

"내 말이 우스운 모양인데 정신 차리게 해주마. 저기 교문 옆 축구 골대까지 선착순! 들어오면서 '나는 쓰레기입니다. 여기서 사람이 되어서 나가겠습니다'라고 외친다. 뛰어!"

뭐가 어떻게 돌아가느냐고 물을 틈도 없이 아이들이 냅다 뛰기 시작했다. 심지어 선생님에게 대들 것 같은, 덩치 큰 남자아이도 말없이 뛰었다. 돌아가는 상황을 파악하지 못하고 서 있는 동현에게 미친개가 말했다.

"아예 안 뛰고 버티겠다? 꼴찌는 특별히 운동장 열 바퀴를 뛰게 해주마."

그 말에 정신이 번쩍 든 동현은 냅다 뛰기 시작했다. 다행히 앞서 뛴 애들을 교문 근처에서 따라잡을 수 있었다. 굳게 닫힌 교문에는 굵은 자물쇠가 채워져 있었고, 출입 금지라는 팻말도 붙어 있었다. 놀랍게도 골프 연습장도 있었다.

축구장 골대를 돈 동현은 최소한 꼴찌를 피하겠다는 마음으로 숨을 헐떡거리면서 달렸다. 아랫배의 통증이 여전히 가시지 않았지만 미친개의 불호령과 운동장 열 바퀴는 어떻게든 피하고 싶었다.

이를 악물고 달린 동현은 아까 시비를 건 덩치 큰 남자아이 다음으로 들어올 수 있었다. 숨을 헐떡거리며 조회대 앞에 주저앉은 덩치 큰 남자아이가 간발의 차이로 2등을 한 동현을 보고 비웃었다. 하지만 조회대에 서 있던 미친개는 덩치큰 남자아이의 희망을 짓밟았다.

"김도윤! 다시 뛰어."

김도윤이라고 불린 덩치 큰 남자아이는 벌떡 일어났다.

"아니, 씨발! 1등으로 들어왔잖아요."

"내가 들어오면서 뭐라고 하라고 했지?"

미친개의 질문에 김도윤이 우물쭈물하는 사이 동현이가 한 손을 들고 외쳤다.

"나는 쓰레기입니다. 여기서 사람이 되어서 나가겠습니다."

김도윤이 짜증나는 얼굴로 돌아보는 와중에 미친개가 말했다.

"인정! 한동현이 1등이다."

그제야 동현은 자신의 완전한 이름을 알았다. 하지만 가뜩이나 자신을 싫어하는 김도윤과 더 틀어졌다는 사실에 마음이 쓰였다. 지금이라도 자신의 상황을 밝히고 여기가 어디고 왜 왔는지 물어보고 싶었다. 하지만 그럴 분위기가 전혀 아니었다. 그 와중에 다른 아이들이 들어왔지만 다시 뛰라는 호통에 쫓기듯 발걸음을 돌렸다.

자연스럽게 그 아이들을 바라보면서 주변 풍경을 보았다.

잠을 자고 나온 곳은 알록달록하게 색칠이 된 2층 학교 본관 건물이었다. 현관 앞에는 미친개가 서 있는 조회대가 있었고, 양쪽에는 국기 게양대와 이순신 장군 동상이 호위무사처럼 나란히 서 있었다. 오른쪽에는 단층에 유리창이 다닥다닥 붙은 식당이 있었고, 그 오른쪽은 본관 건물보다 조금 더 큰 강당 같은 게 보였다. 학교 뒤쪽은 아까 본, 근육같이 울퉁불퉁한 산들이 둘러싸고 있었고, 학교 앞도 별다른 건물이나 길이 보이지 않았다. 문이 달린 교문 옆 작은 주차장에 차들이 몇 대 있는 게 전부였다.

'대체 여긴 어딜까?'

학교 같긴 한데 학생 수도 너무 적었고, 조회대의 미친개는 아무리 봐도 선생님 같지 않았다. 언제 모습을 드러냈는지 알 수 없는 어른들이 몇 명 더 보였다. 무전기 같은 걸 손에 들고 작은 가방을 하나씩 멘 채 조회대 주변을 어슬렁거렸다.

대체 여기는 어디고, 왜 와 있는 것인지 궁금해하는 찰나, 미친개가 옆에 있던 어른에게 건네받은 확성기로 소리쳤다.

"다들 오 초 내에 튀어온다! 실시!"

그 말을 들은 아이들이 후다닥 달려와서 조회대 앞에 섰다. 깨어나서 30분도 채 지나지 않은 것 같은데 벌써 하루가 다 간 것 같았다. 여기저기 흩어져서 숨을 몰아쉬는 아이들에게 미친개가 확성기에 대고 소리쳤다.

"당해보니까 어때? 너희들이 저지른 짓에 비하면 이건 정말 새 발의 피야. 만약 불만이 있으면 나가겠다고 말만 해. 그럼 저 문을 활짝 열어줄 테니까."

미친개가 굳게 닫힌 교문을 가리키며 소리쳤지만 아이들은 아무런 반응을 보이지 않았다. 그러자 미친개가 외쳤다.

"그래, 너희는 겁쟁이다. 약자한테는 강하고 강자한테는 설설 기는, 겁쟁이 말이다. 이제부터는 너희의 정신 상태를 뜯어고치는 체력 단련 시간을 가지겠다. 옆에 있는 조교들을 따라 열심히 체력 단련을 하도록, 만약 시키는 대로 하지 않거나 반항할 경우 바로 퇴소시킨다. 알겠나!"

아이들이 제각각의 목소리로 대답하자 미친개가 마음에 들지 않았는지 다시 확성기에 대고 외쳤다.

"정신 상태가 썩어빠져서 그런지 목소리가 아주 허약하네. 다시 교문 옆 축구 골대 찍고 선착순! 꼴찌는 운동장 열 바퀴다!"

미친개의 말이 끝나자마자 동현은 바로 뛰어나갔다. 다른 아이들과는 달리 쉬고 있어서 힘을 보충했으니 이번에도 1등을 할 것 같았다.

그런데 얼마 달리지 못하고 누군가 뒤에서 힘껏 떠미는 바람에 앞으로 꼬꾸라지고 말았다. 큰 충격을 받은 동현은 겨우 고개를 돌려 누가 자신을 쓰러뜨렸는지 올려다봤다. 씩씩거리는 김도윤이 주먹을 불끈 쥔 채 내려다보고 있었다.

"너, 처음부터 마음에 안 들었어. 씨발!"

화가 머리끝까지 치밀어 오른 동현은 벌떡 일어나서 김도
윤의 멱살을 잡았다.

"비겁하게 뒤에서 떠밀어!"

뛰던 아이들이 몰려와 뜯어말리면서 소란스러워졌다. 둘
의 다툼은 미친개가 직접 달려와서 소리치는 것으로 끝났다.

"동작 그만!"

둘이 거의 동시에 떨어지자 미친개가 양손을 허리에 댄 채
소리쳤다.

"이것들이 싸우면 퇴소라는 규칙이 우스워? 아니면 교관이
우스워 보여?"

동현은 잽싸게 대답했다.

"아닙니다!"

"그런데 내 눈앞에서 싸워?"

싸운 게 아니라 시비가 걸린 것이라고 말하고 싶었지만 그
런 얘기를 할 분위기가 아니었다. 결국 입을 다물고 고개를
숙였다. 반면, 김도윤은 여전히 씩씩거리며 주먹을 불끈 쥐
고 있었다. 그러자 미친개가 다가가서 손에 든 짧은 몽둥이로
배를 꾹꾹 찔렀다.

"어이, 약쟁이! 몰래 약 했어? 나가고 싶으면 땀 흘리지 말

고 그냥 손 들고 나가고 싶다고 해. 그럼 곱게 나가게 해줄 게. 어?"

미친개가 연거푸 아랫배를 찌르자 김도윤은 뒤로 밀려났다. 하지만 여전히 반항하는 모습을 보이자 미친개가 갑자기 발로 정강이를 걷어찼다.

"으악!"

비명을 지른 김도윤은 얼굴을 잔뜩 찌푸린 채 움츠러들었다, 그러자 미친개가 다른 쪽 정강이를 걷어찼다. 김도윤이 뒷걸음질 치자 미친개가 따라가면서 어깨를 몽둥이로 툭툭 쳤다.

"왜? 맞으니까 아파? 네가 때린 애들도 이렇게 아파했어. 어때? 너도 맞으니까 아프지?"

"아, 아닙니다."

김도윤이 애써 아픔을 참으며 말하자 미친개가 피식 웃으며 말했다.

"넌 경고 일 회 부여다. 경고 이 회가 부여되면 뭐라고 했지?"

"퇴교입니다. 교관님!"

"잘 아네. 퇴교당하고 싶지 않으면 친구와 싸우지 않는다. 알겠나?"

"알겠습니다. 교관님."

김도윤이 우렁찬 목소리로 대답했지만 미친개는 기다렸다

는 듯 발길질을 했다.

"목소리가 작다."

이번에는 더 세게 정강이를 차인 김도윤은 아예 무릎을 꿇고 바닥에 주저앉았다. 더없이 싸늘해진 분위기 속에서 미친개가 주변에 서 있는 동현과 다른 아이들에게 섬뜩한 시선을 돌렸다.

"내가 세상에서 가장 좋아하는 단어는 연대 책임이다! 뭐라고?"

"연대 책임입니다!"

아이들이 우렁차게 대답했고, 동현도 눈치껏 중간에 끼어서 목소리를 냈다. 그런 아이들을 한 명씩 선글라스를 낀 눈으로 쳐다본 미친개가 외쳤다.

"너희는 친구가 싸우는 걸 막지 못한 연대 책임이 있다. 그러니까 내가 그만두라고 할 때까지 운동장을 뛴다! 내가 멈추라고 했을 때 가장 뒤처진 녀석에게는 주의 일 회를 준다. 주의가 이 회 쌓이면 뭐라고 했지?"

"경고 일 회입니다."

노란 머리 여자애가 외치자 미친개가 끄덕거렸다.

"좋아. 김도윤은 여기서 아이들이 뛰는 동안 나와 유격체조를 한다. 그리고 나머지는 지금부터 시계 방향으로 뛴다. 실시!"

"실시!"

아이들이 우르르 뛰었고, 동현도 잽싸게 그들 사이에 끼었다. 너무 앞서가거나 뒤처지면 안 된다는 생각에 무리 사이에 끼어 적당히 속도를 냈다. 아이들도 같은 생각인지 눈치껏 빨리 뛰지 말라고 서로에게 말했다. 하지만 곧 미친개가 조교라고 부른 젊은 남자가 뒤따라오면서 호루라기를 불어댔다.

"게으름 피우면 교관님에게 끌고 간다. 농땡이 피우지 말고 뛰어!"

아이들은 쏟아지는 햇살을 고스란히 뒤집어쓰고 비틀거리며 뛰었다. 지친 동현은 다른 생각을 하려고 그림자를 바라봤다. 선인장처럼 생긴 아이들의 그림자가 길어졌다 짧아졌는데 뛰는 속도에 따라 높낮이가 달랐다.

무심코 고개를 돌리자 김도윤이 미친개 앞에서 유격체조를 하는 게 보였다. 차라리 뛰는 게 나을 정도로 힘들어하는 모습에 동현은 궁금증이 생겼다.

'왜 여기 와 있는 거고, 애들은 시키는 대로 하는 걸까?'

한눈에 봐도 얌전할 것 같지 않은 애들이 진짜 시키는 대로 하면서 어떻게든 퇴교당하지 않으려고 애를 썼다. 심지어 우락부락해 보이는 김도윤도 미친개라는 교관이 시키는 대로 얌전하게 유격체조를 했다.

아무튼 학교 같지 않은 이상한 학교의 오전은 뜀박질과 각종 체력 단련으로 이어졌다. 이마에는 구슬땀이 송글송글 맺혔고, 입에서는 단내가 났다. 이러다 진짜 죽을 것 같다고 생각하는 순간, 미친개가 확성기에 대고 외쳤다.

"오전 체력 단련 시간 끝!"

말이 끝나자마자 아이들은 총에 맞은 것처럼 그 자리에 쓰러졌다. 동현도 바닥에 쓰러져서 파란 하늘을 보며 숨을 헐떡거렸다.

조교가 제일 뒤처진 여자아이에게 주의를 주는 소리가 들렸다. 긴 머리를 노랗게 물들인 그 여자아이 역시 아무 말도 못하고 고개를 숙인 채 얘기를 들었다.

대체 여기는 어디고 왜 온 건지 더욱 궁금해졌지만 누구에게 물어봐야 할지 몰랐다. 미친개라고 불리는 교관에게 물었다가는 기합만 더 받을 것이다.

그렇게 숨을 헐떡거리며 생각에 잠겨 있던 동현의 눈에 그림자가 비쳤다. 위쪽에서 대각선으로 치고 들어온 그림자의 주인공은 미친개였다. 놀란 동현이 일어나자 미친개가 고개를 옆으로 기울인 채 바라봤다.

"힘들어?"

사실 힘들어서 죽을 것 같았지만 그렇게 대답했다가는 혼만 더 날 거 같아 괜찮다고 목청껏 대답했다. 그런 동현을 물끄러미 바라보던 미친개가 돌아서며 말했다.

"오 분 후에 점심 식사를 한다. 다들 깨끗이 씻고 식당 앞에 집합한다. 지저분하면 입구 컷이니까 깨끗하게 씻는다. 알겠나?"

"네!"

일사불란하게 대답하고는 방금 전까지 축 늘어져 있던 것과는 다르게 아이들은 본관 안으로 냅다 뛰었다. 현관으로 들어가자마자 오른쪽에 화장실이 있었다.

동현도 얼른 아이들 틈에 끼어 세수하고 목을 닦았다. 그리고 물을 제대로 털어낼 사이도 없이 밖으로 나갔다. 아이들은 줄줄이 식당 앞으로 가서 줄을 섰다. 먼저 와 있던 미친개가 아이들의 상태를 하나씩 살폈다. 화장한 남자아이한테는 돌아가라는 손짓을 했다. 땀으로 얼룩진 화장이 제대로 지워지지 않은 탓이다. 울상이 된 그 아이는 돌아서서 뛰기 시작했다. 다행히 동현은 별문제 없이 넘어갔다.

식당 안으로 들어가니 저도 모르게 안도의 한숨이 나왔다. 따뜻하고 맛있는 냄새 때문이었다. 식판을 들고 줄을 서서 밥을 탄 동현은 창가에 앉았다.

식당은 엄청나게 크고 넓어서 아이들은 모이지 않고 따로따로 앉아 밥을 먹었다.

동현도 혼자 밥을 먹었다. 동현이 앉아 있는 테이블에 전단지 한 장이 놓여 있었는데 학교 소개서였다. 위쪽에는 파란색 글씨로 가장 궁금했던 학교 이름이 큼지막하게 적혀 있었다.

"바른학교?"

학교 이름치고는 이상하다고 생각했는데 그 아래에는 더 이상한 얘기가 적혀 있었다.

"바른학교는 올바른 청소년을 만듭니다."

내용은 다소 충격적이었다. 바른학교는 폐교된 학교에 불량 청소년을 모아 갱생시킨다는 목표를 가지고 있었다. 특히, 고등학생을 대상으로 진행된다는 내용을 본 동현은 마른침을 삼켰다.

"그럼 내가 불량 청소년이라는 얘기야?"

내용을 읽어 내려갈수록 더 끔찍했다. 사회와 격리될 정도의 큰 범죄를 저지른 청소년을 모았다고 적혀 있었다.

그제야 엄격하고 무서운 교관과 그가 뱉어내는 거칠고 험한 말, 그리고 마치 벌레를 보는 듯이 혐오스러워하는 조교의 시선이 이해가 갔다. 대체 얼마나 나쁜 짓을 했는지 궁금했는데 그 아래 적혀 있는 문단이 답이 됐다.

소년원에 수감될 정도로 중죄를 저지른 청소년 중에 갱생의 여지가 있다고 판사가 판단하면 한 번 더 기회를 준다고 나와 있었다.

만약 자발적으로 혹은 학교 측에서 더 이상 데리고 있을 수 없다고 결정해 퇴교 조치되면 유예된 처벌이 곧바로 적용

된다고 쓰여 있었다.

동현은 자신이 소년원에 갈 정도로 큰 죄를 저질렀다는 것을 알았다. 그리고 거칠고 험해 보이는 아이들이 왜 꼼짝도 못 하고 미친개의 말을 듣는지도 이해했다.

'그래서 다들 미친개한테 꼼짝도 못 한 거였네.'

왜 여기 왔는지는 모르지만 일단 쫓겨나는 일은 절대로 피해야만 했다. 만약 자기가 여기 왜 왔냐고 물어본다면 반항한다는 오해를 받고 쫓겨날 게 분명했다.

입을 다물기로 결심하고 식사를 마친 동현은 눈치껏 잔반을 정리하고 퇴식구에 가져다 놨다. 그리고 물을 한 컵 마신 다음에 아까 들어왔던 유리문 밖으로 나갔다. 그런데 먼저 식사를 마친 아이들이 식당 앞에 나란히 줄을 서 있었다. 자연스럽게 합류한 동현은 대체 어떻게 돌아가는 일인지 미치도록 궁금했다.

'밤에 칼에 찔려 죽은 것 같았는데 현실인지 아닌지 분간이 안 갈 정도고, 여기 왜 왔는지에 대한 기억도 전혀 없어. 어떡하지?'

그렇다고 다른 친구에게 물어볼 엄두는 나지 않았다. 왜냐하면 여기 있는 아이들에게 쫓기다가 죽었다는 느낌이 확실히 났기 때문이다.

'그런데 다시 살아난 나를 보고도 놀라지 않았어.'

쫓아온 아이들도 무슨 이유에서인지 기억을 잃어버렸을지 모른다는 생각이 들었다. 어쩌면 이곳에 들어온 충격 때문에 기억을 잃은 상태에서 꿈을 꾼 것인지도 몰랐다.

'아니면 무슨 게임이나 소설 속으로 빙의한 상태인가?'

모두 터무니없는 생각이었지만 만약 그런 일이 있었다면 물어봐도 사실대로 얘기해 줄 것 같지 않았다. 거기다 혹시나 미친개한테 이른다면 왜 왔는지도 모르고 여기에서 쫓겨날 수도 있었다.

결국 아이들에게도 잃어버린 기억에 대해 묻지 않기로 했다. 마지막 아이까지 나와서 줄을 서자, 식사를 마치고 나온 미친개가 아이들 앞에 섰다.

"식사 잘 마쳤나?"

미친개의 물음에 아이들이 일사불란하게 "예"라고 대답했고, 동현도 따라서 외쳤다. 그러자 미친개가 흡족한 표정을 지었다.

"이제 열을 지어서 교실로 이동한다. 오후 수업 시간에 졸거나 딴짓을 하면 주의를 받을 것이다. 오늘이 이십육 일이고, 앞으로 남은 날짜는 많다는 걸 명심해라. 알겠나!"

"예!"

"그럼 열을 맞춰서 교실로 이동한다."

아이들이 우렁찬 목소리로 대답하고는 본관으로 열을 맞

춰 걸어갔다. 앞장선 미친개가 호루라기를 불면서 걸어갔고,
아이들은 마치 군인처럼 줄을 맞춰 뒤를 따라왔다. 열을 맞춰
걸어가던 동현은 가려워서 오른쪽 팔을 긁다가 문신 같은 걸
발견했다. 일곱 개의 별이 띄엄띄엄 새겨져 있었는데 제일 오
른쪽에 있는 별은 희미하게 지워진 상태였다.

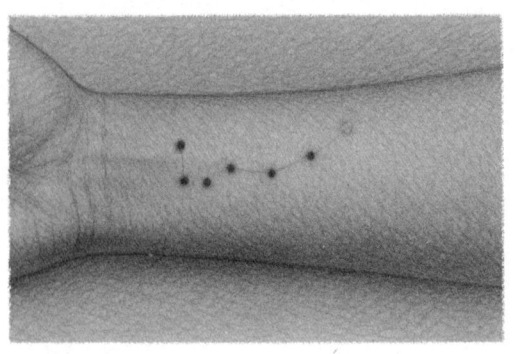

"이게 뭐지?"

손으로 문질러봤지만 지워지지 않은 것으로 봐서는 진짜
문신 같았다. 그런데 무엇을 의미하는 문신인지 알 수 없었
다. 기억이 사라졌으니 언제 새겼는지도 몰랐다.

동현은 여전히 혼란스러워하면서 아이들을 따라 본관으로
들어갔다. 현관으로 들어간 미친개는 오른쪽으로 틀어서 제
일 끝 '맑은 꿈 도서관'이라고 적힌 곳으로 향했다.

도서관 문을 열고 들어간 미친개가 안쪽으로 걸어갔다. 빈

책꽂이가 한쪽에 줄지어 서 있었고, 앞쪽에는 책상과 의자들이 보였다. 아이들은 그곳으로 가서 빈자리에 한 명씩 앉았고, 동현도 창가 쪽 빈자리에 앉았다. 오전에 충돌한 김도윤은 같은 줄의 반대쪽에 앉았다. 칠판과 모니터가 있는 앞쪽으로 걸어 간 미친개가 아이들을 쭉 살폈다.

"오후 첫 번째 수업은 월간 형사의 오윤성 편집장님이 진행하실 거다. 잘 듣고 반성하는 시간을 갖도록."

"알겠습니다."

자리에 앉은 아이들이 멍하니 칠판이 있는 앞쪽을 바라보는 사이 미친개는 밖으로 나갔다.

어색한 침묵이 흐르는 가운데 문이 열리고 누군가 들어섰다. 미친개가 얘기한 오윤성 편집장인 듯했다. 잿빛 코트에 곱슬머리를 한 중년의 남자는 테 없는 안경을 쓰고 있었다. 손에 든 가방을 탁자 위에 내려놓은 그는 두 손을 허리에 댄 채 여기저기 흩어져서 앉은 아이들을 바라봤다. 그러다가 동현과 눈이 마주쳤는데 한심하다는 느낌을 담은 눈빛이었다.

잠시 후, 벨소리가 들리자 손목시계를 확인한 중년 남자는 헛기침을 크게 하면서 시선을 끌었다. 그리고 가방에서 노트북을 꺼내 선과 연결했다. 그러자 앞에 있는 모니터에 글씨가 보였다. 제목은 "학교 폭력의 끝"이었다. 곧 미친개가 다시 들어와서는 잘 들으라는 협박 아닌 협박을 하고 제일 뒷자리로 가서 앉았다.

앞에 있는 오윤성 편집장이 입을 열었다.

"만나서 반갑다. 바른학교 학생 여러분. 나는 월간 형사 잡지의 오윤성 편집장이다. 여러분에게 몇 가지 사례를 통해 학교 폭력의 위험성과 문제점을 얘기하고자 한다."

무미건조한 목소리로 말을 시작한 오윤성 편집장은 노트북 버튼을 눌러 연결된 모니터의 화면을 바꿨다.

몇 명의 아이들이 감탄사를 날리면서 바라봤다. 화면에 나온 건 화려한 무대에 선 남자 아이돌 그룹이었다. 잠시 반응을 살핀 오윤성 편집장이 버튼을 다시 눌렀다. 그러자 화면에 있던 남자 아이돌 중 한 명이 사라졌다. 그리고 한쪽 손으로 턱을 만지작거리며 말하기 시작했다.

"내 친구 중에 아이돌 그룹 기획사에 다니는 애가 있어. 걔한테 굉장히 재미난 얘기를 들었는데 말이야. 아이돌 연습생이 가장 힘들어하는 게 뭔지 아니?"

몇 명이 춤이나 노래 연습이라고 대답했다. 창가 쪽에 앉은 긴 머리의 여자아이가 뭔가 말하려고 하다가 입을 꾹 다무는 게 보였다. 오윤성 편집장이 그런 아이들을 비웃는 듯한 눈길로 바라보다가 정답을 말했다.

"체중계야. 매달 한 번씩 심사받을 때 모든 직원이 보는 앞에서 체중계에 올라가야 하거든. 만약 이전보다 백 그램이라도 늘어나면 결코 좋은 소리를 듣지 못해. 그리고 연속해서 체중이 늘어나면 집으로 가라는 소리를 듣지. 몇 년 동안 연습생으로 있었는지에 상관없이 말이야. 너희들도 사춘기니까 몸무게에 얼마나 민감한지 다들 공감하지? 그걸 백 명이 넘는 사람을 앞에서 공개해야 한다는 건 정말 끔찍한 일이야. 거기다 몸무게를 줄이려고 최대한 얇은 옷을 입고 올라가야 해. 무슨 뜻인지 알겠니?"

아이돌 연습생을 잘 모르는 동현은 그저 고개를 끄덕거렸다. 다른 아이들도 대략 비슷한 반응들이었다. 오윤성 편집장이 분위기를 살핀 다음 화면을 바꿨다. 거기에는 빈 락앤락 용기가 보였다. 다들 뜬금없다는 표정을 짓는 가운데 오윤성 편집장의 말이 이어졌다.

"아이돌 연습생이 두 번째로 무서워하는 게 바로 이 락앤락이야. 체중 조절 때문에 여기 안에 담은 음식만 먹어야 하는데 보통 닭가슴살부터 샐러드 같은 거야. 맛이 하나도 없는 걸 몇 시간씩 춤을 추고 난 다음에 억지로 먹어야 해. 하나도 남김없이."

잠깐 뜸을 들인 오윤성 편집장이 숨을 죽인 채 듣는 아이들을 향해 말을 이어갔다.

"거기다 아이돌 연습생은 무한 경쟁 시스템이야. 아무리 오래 다녔다고 해도 한 달에 한 번 있는 테스트에서 떨어지면

집에 가야 해. 그런 생활을 몇 년 동안 해나간다는 건 정말 대단하다고 볼 수밖에 없어. 그리고 아이돌 그룹을 런칭하면 데뷔조를 뽑아. 보통 두 배에서 세 배로 말이야. 그리고 이리 저리 조합을 맞춰보는 거야. 에이가 들어가면 비를 빼고, 시를 넣으면서 디를 끼워 넣고, 다시 에이를 빼는 식이지."

화면이 또 바뀌었다. 아이들 몇 명이 감탄사를 날렸다. 화면의 주인공은 무대 위에서 스포트라이트를 받으면서 춤을 추며 노래를 부르는 네 명의 남자 아이돌이었다.

"정말 미친 경쟁의 데뷔조를 뚫어야만 최종 데뷔를 하게 되는 거지. 얘들이 누군지 알지?"

긴 머리 여자아이가 중얼거리듯 대답했다.

"라이언 스톰이잖아요."

"맞아. 다섯 명의 사자 같은 청년이 폭풍을 일으킨다는 의미로 라이언 스톰이라고 작명했지. 작년에 데뷔해서 국내는 물론 해외에서도 엄청난 인기를 끌고 있는 아이돌 그룹이지. 제 이의 비티에스가 될 거라는 기대와 예측을 받았고 말이야. 그런데 시작할 때는 오인조였는데 지금은 사인조로 활동 중이야. 마치 처음부터 사인조였던 것처럼 말이지. 이 중 한 명은 왜 사라졌을까?"

동현은 당연히 알지 못했기 때문에 입을 다물었다. 반면, 다른 아이들은 어느 정도 아는 눈치였다. 하지만 아무도 말을 꺼내지 않는 가운데 오윤성 편집장이 아까부터 불편한 표정을 짓고 있던 긴 머리 여자아이를 쳐다봤다.

"잘 알 텐데 말해볼래?"

머리를 한번 크게 쓰다듬은 여자아이가 대답했다.

"학폭 이슈 때문이죠. 뭐."

"맞아. 너희에게는 모두 익숙한 일이지만 다시 설명해 줄게. 데뷔한다는 프로모션이 공개되자마자 중학교와 고등학교 시절 벌인 일들이 속속 밝혀져. 담배를 피우고 술을 마신 것은 약과에 불과했지, 교내 폭력 서클에 가담해 힘없는 아이들을 괴롭히고 옷이랑 돈을 갈취했어. 그래서 견디다 못한 학생이 다른 학교로 전학 갔지만 그곳에서도 지속적인 괴롭힘을 당했지. 전학 간 학교의 일진들에게 괴롭혀달라고 부탁했거든, 그래서 학폭위원회가 열렸고, 오 호 처분을 받았어."

손바닥을 쫙 펼친 오윤성 편집장이 설명을 이어갔다.

"기획사에서는 어떻게든 무마하려고 거짓 폭로라고 주장하고 오히려 피해자를 고소한다고 협박했지. 하지만 손바닥으로 하늘을 가릴 수는 없잖아. 그럴수록 피해를 받은 친구가 크게 목소리를 내면서 결국은 소속사에서 퇴출당했어. 그리고 나머지 네 명으로 활동 중이지. 지금 미국 투어 중이야."

잠깐 설명을 멈춘 오윤성 편집장이 한심하다는 눈빛으로 아이들을 바라봤다.

"아이돌 연습생 생활을 몇 년 동안 견디고 지옥 같다는 데 뷔조를 뚫어냈으면서 정작 과거에 발목이 잡힌 셈이지. 물론 이 정도 능력이 있으니까 앞으로 어떤 일이든 잘 해낼 거야. 하지만 딱 하나!"

이번에는 손가락 하나를 펼친 오윤성 편집장이 큰 목소리로 말했다.

"연예인은 못 해. 앞으로 영원히 말이야. 장사를 해도 되고 회사에 들어가도 되고, 유튜버가 될 수는 있겠지만 방송 출연은 어려울 거야. 어린 시절에 저지른 잘못 때문에 말이지. 신세를 망쳤다고 봐도 무방한 거야. 그래서 나는 관련 강연을 할 때 착하게 살아야 한다 같은 쓸데없는 말은 하지 않아. 너희들에게는 전혀 먹히지 않으니까."

점점 흥분하는 오윤성 편집장의 목소리는 더없이 불편했다. 하지만 제대로 듣지 않으면 무슨 처벌이 있을지 몰라 동현은 억지로 들었다. 아무렇지 않은 척했지만 목구멍 안에서 쓴 물이 자꾸만 넘어왔다.

"우리나라 사람들은 다른 건 몰라도 음주운전과 학교 폭력은 절대 용서하지도 잊어버리지도 않아. 왜인지 알아? 자기가 당해본 일이라서 격하게 반응하는 거지. 그래서 잘나가던 배우나 가수가 음주운전을 해서 한순간에 사라지고, 성공이 보장된 아이돌 그룹으로 데뷔하지만 무대에 제대로 서보지도 못하고 내려오는 일이 벌어지지. 앞으로는 더 심해질 거야. 이미 프로스포츠계에서는 계약 전에 생기부를 확인하거든, 아! 나는 연예인이나 운동선수 안 할 거니까 상관없다고? 안타깝지만 이제 일반 회사도 점점 직원의 학교생활에 관심을 가지고 있어. 그러니까 학교에서 친 사고는 남은 인생의 발목을 잡을 거야. 유령처럼 말이야. 그래서 학폭으로 인생을 망친 애가 뭐라고 했는지 알아?"

아이들에게 한 질문이었지만 당연히 정답을 알 수 없는 아이들은 서로의 얼굴만 바라봤다. 그러자 오윤성 편집장이 말했다.

"창살 없는 감옥에 평생을 갇혀 사는 것 같다고 했어. 아! 너희들은 창살 있는 감옥에 들어가는 상황이라 좀 다르겠구나."

마치 놀리는 것 같은 얘기에 김도윤이 발끈하는 게 보였다. 하지만 뒤쪽에 앉아 있을 미친개 때문인지 움찔하는 것으로 끝났다. 그 모습을 본 오윤성 편집장이 혀를 찼다.

"나는 솔직하게 바른학교의 운영에 반대해. 아직도 꼰대들은 어린아이들을 제대로 가르치면 잘못을 뉘우치고 좋은 사람이 될 거라고 믿지. 하지만 나는?"

손가락으로 자기 가슴을 꾹 찌른 오윤성 편집장이 천천히 고개를 저었다.

"그딴 헛소리는 안 믿어."

그리고 전자칠판의 화면을 바꿨다. 어두운 밤에 가로등이 반딧불처럼 켜져 있는데 그 어스름한 빛 아래 공원 화장실이 보였다.

"작년에 월령시에서 벌어진 사건이야. 남자 고등학생 다섯 명이 여중생을 불러서 집단으로 성폭행한 사건이지. 주동자가 누군지 알아? 초등학교 오 학년 때 같은 반 아이를 칼로 찌른 아이였어."

단숨에 말한 오윤성 편집장이 다음 화면으로 넘겼다. 당시 신문 기사의 타이틀을 뽑아 나열했는데 대부분 칼로 찌른 초등학생을 옹호하고 감싸는 내용이었다.

"그 학생이 학교에서 괴롭힘을 당했기에 일어났다는 이유로 다들 용서해 주자는 분위기였지. 실제로는 괴롭힘을 당한 게 아니라 다른 아이를 괴롭히다가 오히려 상황이 바뀌어 보복을 당하는 시점이었어. 하지만 사람들은 칼에 찔린 아이 부모의 주장과 조회수를 노리는 유튜버의 영상만 보고 잘못된 판단을 내렸지. 그래서 아이는 별다른 처벌을 받지 않고 넘어갔어. 그리고 아이는 계속 나쁜 짓을 해도 된다고 생각하고 중학생 때도 사고를 쳤고, 고등학교 올라가서는 초 대형 사고를 쳤지. 사람은 고쳐 쓰는 게 아니라는 게 내 결론이야. 그 얘기를 하면 사람을 물건 취급한다고 화를 내는 것들도 있기는 하더라?"

빠르게 말하느라 잠시 숨을 고른 오윤성 편집장이 동현을 비롯한 아이들을 한 명씩 다시 바라봤다. 증오와 미움으로 가득 찬 눈빛을 본 동현은 저도 모르게 한숨을 쉬었다.

　'대체 얼마나 큰 사고를 쳤기에 여기에 와서 이딴 식의 얘기를 들어야 하는 거지?'

　모멸감과 궁금증이 뒤엉켜서 머릿속을 어지럽히는 가운데 오윤성 편집장의 험담이 이어졌다.

　"과연 여기는 너희를 착한 사람으로 만들어 줄 수 있을까? 도윤아."

　갑자기 이름이 불린 김도윤은 멍한 눈길로 오윤성 편집장을 바라봤다.

　"너는 초등학생 때부터 환각제 던지기 알바 했지?"

　김도윤이 애매모호한 표정을 짓자 오윤성 편집장이 말을 이었다.

　"그리고 중학교 때는 학교 친구에게 환각제를 팔았지. 그걸 복용한 친구 하나가 심장마비로 사망했고 말이야."

　"걔는 다른 약 먹고 쓰러진 겁니다. 저는 책임 없어요."

　"물론 그러니까 가벼운 처벌만 받았겠지. 그런데 걔가 너한테 마약을 사서 중독되는 바람에 심장에 문제가 생겼다는 건 늘, 항상, 그리고 반복적으로 까먹는구나."

　"정말 몰랐다고요."

"알았든 몰랐든 친구에게 마약을 팔면 안 되지. 우린 모두 다 그걸 알고 있어. 안 그러니?"

점점 조여드는 질문에 목이 눌리는지 김도윤은 한 손으로 목을 감싼 채 고개를 좌우로 심하게 흔들었다. 그런 김도윤을 한심하다는 눈빛으로 바라본 오윤성 편집장이 계속 말을 이어갔다.

"그러고도 제대로 처벌받지 않으니까 계속 약을 팔다가 고등학교 올라가서는 점점 더 대담해졌지. 일진들을 끼고 약을 팔았지. 그러다가 보다 못한 선생님이 경찰에 신고하니까 수업 시간에 칼을 가지고 가서 협박했고 말이야. 주변에서 말리지 않았으면 찌르고도 남았겠지. 아니야?"

"칼은 가방 안에 그냥 들어 있던 거였어요. 약은 일진들이 상납하라고 해서 어쩔 수 없이 팔았던 거고요. 너무 넘겨짚지 마세요."

"요즘은 학생이 칼을 가지고 등교하나 보구나. 그리고 많은 친구가 네가 칼을 꺼내 선생님이 있는 앞으로 가려고 했다고 증언했어. 그리고 일진 핑계는 좀 그만하면 안 되겠니? 걔들한테 네가 먼저 상납금을 줄 테니까 보호해달라고 했다고 이미 밝혀진 지 오래야. 그런데 너는 계속 뻔한 거짓말을 하지. 왜? 처음에 마약을 던지기 한 게 아버지가 사업에 실패해서 가출하는 바람에 먹고살기 힘들어서 그랬다고 얘기하지 그랬어?"

오윤성 편집장의 비아냥에 김도윤의 얼굴은 점점 붉게 달아올랐다. 그때, 긴 머리를 노랗게 물들인 여자아이가 끼어들었다.

"꼭 이렇게까지 하셔야겠어요? 선생님."

고개를 돌린 오윤성 편집장은 회심의 미소를 지었다.

"오랜만이네, 한제아."

한제아라고 불린 긴 머리 여자아이의 얼굴이 굳어졌다.

"내가 마지막으로 법정에서 본 게 중학교 이 학년 때 같은데 말이야. 그때 어머니가 베트남인인 친구한테 베트남 냄새 난다고 놀려서 그 아이가 옥상에서 뛰어내렸지. 아마?"

"씨, 나만 그런 것도 아닌데 왜 자꾸 그래요?"

"다른 얘들도 괴롭혔지만 네가 특히 악랄했으니까, 그 아이 어머니가 친하게 지내달라고 사준 떡볶이랑 마라탕 잘 먹어놓고 다음 날도 똑같이 괴롭혔잖아. 그 아이가 죽고 싶다고 하니까 그냥 죽으라고 했다는 말을 들은 얘들이 한둘이 아니야."

오윤성 편집장의 반박에 한제아는 아무 말도 하지 못했다.

"거기다 그 아이 엄마가 식당 설거지 알바 열심히 해서 사준 패딩도 빼앗았잖아."

"그건 걔가 알아서 준 거라고요. 진짜."

39

"제아야, 그런 건 준 게 아니라 강탈이라고 불러, 법정에서는 잘못했다고 손이 발이 되게 빌면서 다시는 안 그럴 것 같더니, 전학 간 중학교랑 고등학교에서도 일진놀이 했잖아. 그러다가 또 사고 쳐서 여기 끌려온 거고, 아니야?"

뭔가 반박하려던 한제아는 그대로 입을 삐죽 내민 채 고개를 돌렸다. 오윤성 편집장이 혀를 차며 바라봤다.

"그 학교에서는 공부 잘하고 집안 빵빵한 애들 앞에서 설설 기어서 별명이 시녀였잖아. 그런데 또 별 볼일 없는 집안 아이들은 괴롭히다가 집단으로 덤벼들어서 처발리니까 다음 날 학교에 칼 가지고 갔잖아."

"그냥 겁만 주려고 했다고요. 짜증 나."

한제아의 반박에 오윤성 편집장이 코웃음을 쳤다.

"수첩에 누구부터 찌를지 적고, 인터넷에는 어디를 찌르면 최대한 고통을 줄 수 있는지 검색해 놓고?"

이번에는 한제아도 차마 대꾸하지 못하고 입을 다물었다. 그런 한제아를 지그시 쳐다보던 오윤성 편집장이 교실에 드문드문 앉아 있는 아이들에게 말했다.

"너희도 이들의 공통점을 봤을 거야. 뻔한 거짓말을 했다가 움직일 수 없는 사실로 반박당하니까 모른 척하는 거지. 만약 내가 거짓말을 알아차리지 못하면 그냥 끝까지 우겼을 거고 말이야."

오윤성 편집장에게 그런 식으로 반박당한 두 아이는 물론 다른 아이들도 숨을 죽이고 들었다. 그런 아이들을 비웃는 표정으로 바라보던 오윤성 편집장이 다시 입을 열었다.

"이게 바로 나쁜 사람의 전형적인 특징이야. 잘못을 절대 뉘우치지 않고 빠져나갈 방법만 찾아. 그리고 성공하면 다시 자신의 이익을 위해 범죄를 저지르는 거지. 사람은 길을 걷다가 누군가 다치거나 아파하면 멈춰서 도와주려고 해. 그런데 너희들은 그런 마음이 없어. 처음부터 없었고, 지금도 없고 앞으로도 없을 거야. 그런데 여기 앉아서 좋은 사람이 되라고 떠든다고 너희들이 바뀔까?"

아이들이 술렁거렸다. 동현 역시 마찬가지였다. 별로 관심이 없는 강연이지만 시작부터 끝까지 이렇게 욕설에 가까운 비난을 받을 줄은 몰랐다.

뒤쪽에 앉은 교관이 생각났다. 하지만 교관은 딱히 제지할 생각이 없는 것 같았다. 팽팽한 긴장감이 이어지는 가운데 작은 생수병을 꺼내 물을 한 모금 마신 오윤성 편집장이 새로운 목표물을 찾았다. 아침에 동현에게 어서 일어나라고 했던 화장한 남학생이었다.

"어이, 거기 화장한 남학생은 아이돌 연습생이라고 깝치고 다녔던 박강섭이네. 맞지?"

"지금은 래퍼로 전향했어요. 와이맨이라고 불러주세요. 선생님."

와이맨의 반박에 오윤성 편집장이 코웃음을 쳤다.

"래퍼가 무슨 놈의 화장을 그렇게 해. 그리고 이름을 바꾼다고 네가 사기 친 게 없어지니? 너 삼 대 기획사에 연습생으로 합격했다고 뻥 치면서 아이들에게 레슨비 명목으로 돈을 뜯어냈잖아. 그리고 집중력을 높여야 한다고 뭘 먹였지?"

"그냥 에너지 음료였어요."

와이맨의 반박에 오윤성 편집장이 한심하다는 듯 고개를 절레절레 저었다.

"환장하네. 에너지 음료에 각성제 탔잖아. 우린 그걸 마약 음료라고 불러. 너는 뭐라고 부를지 모르지만 말이야. 사실 더 나쁜 짓을 한 거 같은데 그건 아직 꼬리가 안 잡혔지? 하지만 좋아하긴 일러. 경찰이 계속 조사 중이라 너는 진짜 여기에서 곧장 소년원으로 끌려갈 수 있으니까."

한 방 먹은 와이맨이 얼굴을 찌푸렸다. 그런 와이맨에게 오윤성 편집장이 쏘아붙였다.

"그리고 아이들한테 돈 뜯어낸 건 다 돌려줬어?"

"그냥 용돈보다 못한 푼돈이었다고요. 강제로 뺏은 것도 아니고요."

와이맨의 항변에 오윤성 편집장이 혀를 차면서 또 한번 고개를 절레절레 저었다.

"판사 앞에서는 눈물 찔찔 짜면서 잘못했다고 해놓고서는 시간이 지나니까 또 거짓말이네. 걔들한테는 그 푼돈이 엄청나게 큰돈이었어. 아이돌이 되고 싶은 애들 꿈을 짓밟은 건 어쩌고?"

"원래 실력이 안 되는 애들이었다고요. 하도 도와달라고 해서 그냥……."

우물쭈물 대꾸하는 와이맨을 기가 찬다는 눈길로 지켜보던 편집장이 쏘아붙였다.

"걔들이 알아서 너한테 부탁했고, 마지못해 들어줬다는 레퍼토리는 재판정에서 깨졌잖아. 네가 먼저 아이들한테 접근해서 메시지 보낸 건 까맣게 잊어버렸어?"

와이맨의 반박을 눌러버린 다음 드디어 동현을 바라봤다. 마른침을 삼키는 동현을 본 오윤성 편집장이 혀를 찼다.

"진짜 네가 여기 있는 걸 보고 정말 놀랐다. 어른들은 너희를 정말 몰라."

뭐라고 대꾸해야 할지 몰라 입을 다물고 있는 동현에게 오윤성 편집장이 말했다.

"나는 다른 애들은 몰라도 너는 진짜 감옥에 갈 줄 알았어. 그런데 판사 아저씨가 너를 왜 여기로 보낸 거지? 대답해 봐. 너는 잘못을 뉘우치고 착하게 살 수 있니?"

오윤성 편집장의 비꼬는 물음에 교실 전체는 무거운 침묵에 싸였다.

동현은 잠깐 고민하다가 대답했다.

"왜 제가 안 바뀔 거라고 생각하시나요?"

사실 무슨 사고를 쳐서 여기 왔는지 기억하지 못하는 동현
으로서는 가장 최선의 대답이었다. 하지만 오윤성 편집장에
게는 말도 안 되는 얘기처럼 들린 것 같다.

"지금까지 바뀐 사례를 못 봤으니까. 너는 바뀔 준비가 되
어 있니?"

오윤성 편집장의 물음에 동현은 아무 대답도 하지 못했다.
뭘 잘못해서 여기 왔는지 모르는 상황이라 섣불리 얘기할 수
없었다. 하지만 그런 동현의 속내를 짐작하지 못한 오윤성 편
집장이 입을 열었다.

"그래도 너는 바뀔 거라는 거짓말은 안 하는구나. 어떻게
보면 네가 여기 모인 친구 중에 가장 정직한 것일 수 있어."

얘기를 좀 더 나눠서 정보를 얻고 싶었지만 오윤성 편집장
은 시간이 다 되었다면서 끝내려 했다. 그래도 마지막에는 험
한 말을 하지 않고 '바뀌기를 바라고, 지켜보겠다'는 말로 마
무리했다.

아무도 박수 치지 않는 가운데 오윤성 편집장이 나가고 미
친개가 교탁 앞에 섰다. 혹시 듣는 태도 가지고 시비를 걸지
않을까 걱정했다.

"다들 듣느라고 수고했다. 두 번째 오후 강연이 있으니까 십 분 휴식 후에 듣는다."

미친개가 나가고 아이들은 참던 숨을 내쉬었다. 머리가 복잡해진 동현도 두 손으로 얼굴을 쓰다듬으며 고민에 빠졌다.

'지금이라도 솔직하게 물어볼까?'

생각하고 있는데 갑자기 누군가 뒤통수를 세게 쳤다. 돌아보니 노란 머리를 한 한제아가 내려다보고 있었다.

"왜 그딴 식으로 얘기해?"

"내가 뭘?"

"왜 혼자만 잘 보여서 빠져나가려고 하냐고."

한제아의 얘기를 들은 동현은 그녀가 뭔가 알고 있다는 걸 깨달았다. 어쩌면 힌트를 얻을 수 있다는 생각에 얘기를 좀 더 나눠보려고 의자에서 일어났다.

"왜 그렇게 생각하는데?"

뜬금없는 질문이라고 생각했는지 한제아의 표정이 찡그려졌다. 그리고 입을 열려는 순간, 거울을 보고 있던 와이맨이 퉁명스럽게 말했다.

"뭘 자꾸 말을 섞으려고 해. 쟤 성격 몰라?"

알 수 없는 와이맨의 말에 오윤성 편집장에게 가장 먼저 공격당한 김도윤이 가세했다.

"맞아. 자기만 혼자서 욕 안 먹고 빠져나갔잖아. 쟤는 안

변해."

　차가운 셋의 시선에 갇힌 동현은 도로 앉았다. 셋이 왜 자
신을 미워하고 경계하는지 아직 이유는 알 수 없었지만 더는
대화가 되지 않을 듯했다.

　동현을 가운데 두고 벌어진 기묘한 대치는 두 번째 오후
수업이 시작되는 벨소리가 들려오는 것으로 막을 내렸다. 셋
은 각자의 자리로 돌아갔다.

　잠시 후, 미친개가 들어와서 두 번째 수업을 진행할 강사
를 소개했다. 가정폭력센터 소속 상담사라는 강사는 중년 여
성으로 머리가 풍성했다.

　다행히 아까 오윤성 편집장처럼 거칠고 사납게 말하지는
않고, 몇 가지 사례를 화면으로 보여주면서 설명했다. 지루
해진 아이들이 여기저기서 하품했지만 강사는 개의치 않고
자신의 톤으로 강연을 이어갔다. 평안하고 고요한 분위기 속
에서 와이맨은 대놓고 고개를 숙인 채 졸았다. 동현도 강연이
지루했지만 꾹 참고 들었다.

　두 번째 수업이 끝나고 강사가 떠난 후에 들어온 미친개가
와이맨을 비롯해 대놓고 졸던 아이들의 이름을 불렀다. 그리
고 그만 뛰라고 할 때까지 운동장을 돌라는 벌칙을 내렸다.
아이들이 머뭇거리자 미친개가 호통을 쳤다.

　"가장 늦게 나가는 사람은 경고를 주겠다."

그러자 다들 미친 듯이 뛰어나갔다. 뒷문으로 나가다 책상에 부딪친 와이맨이 무릎을 부여잡고 쓰러졌지만 미친개는 개의치 않고 외쳤다.

"얼른 안 일어나?"

와이맨이 한쪽 발을 질질 끌면서 뒷문으로 나갔다. 와이맨과 졸던 아이들이 벌칙을 수행하러 나가자 교실은 삽시간에 조용해졌다. 미친개가 천장을 손가락으로 가리켰다.

"내가 없어도 저기 있는 씨씨티브이로 다 볼 수 있어. 그러니까 졸지 말고 잘 들어."

협박을 마친 미친개가 나가고 다음 강사가 들어왔다. 앞의 강사보다 더 재미가 없었지만 졸거나 딴짓을 하면 운동장을 계속 달려야 하기에 다들 눈을 크게 뜨고 얘기를 들었다.

기나긴 세 번째 강사의 얘기가 끝나자 미친개는 오후 일정이 모두 끝났다는 반가운 소식을 전해줬다. 그리고 세 번째 강사의 강의 시간 내내 운동장을 돈 와이맨은 온몸이 땀으로 범벅된 채 들어섰다. 한제아와 김도윤이 다가가서 위로의 말을 건넸다. 하지만 동현은 거기에 끼지 못하고 혼자 앉아 있었다. 잠시 후, 미친개가 들어와서 일정을 알려줬다.

"각자 자유시간을 가지면서 심리 상담을 받도록 한다. 오늘 심리 상담을 받을 명단은 현관 복도에 붙여놓겠다. 여섯 시 저녁 식사 시간에 늦지 않도록."

할 애기를 마친 미친개가 문을 닫고 나가자 아이들은 안도의 한숨을 쉬거나 두 팔을 높이 치켜들고 기뻐했다. 하지만 CCTV가 있기 때문에 대놓고 소리를 지르거나 날뛰지는 못했다.

동현은 하루가 무사히 지나갔다는 사실에 안도하면서도 사라진 기억에 대해 아무것도 알아내지 못한 상황에 크게 상심했다. 무엇보다 밤중에 도망치다가 절벽에서 굴러떨어진 게 꿈인지 현실인지 아직도 알 수 없다는 게 두려웠다.

'그리고 다시 밤이 오고 있잖아.'

멍하니 앉아 있는데 누군가 밥 먹으러 가자고 외치는 소리가 들렸다. 동현은 서둘러 일어나 식당으로 향했다.

다행히 저녁은 점심처럼 줄을 맞춰 가라고 하거나 복장 검사 같은 건 하지 않았다. 동현은 식판에 음식을 받아 창가에 앉았다.

두세 명씩 모여 밥을 먹었지만 동현의 곁으로는 아무도 오지 않았다. 한제아와 김도윤, 그리고 와이맨 세 명이 근처에서 밥을 먹으면서 동현을 힐끔거리는 게 보였다. 신경 쓰지 않는 척하고 식사하고 있는데 갑자기 등에 뭔가가 닿았다. 고개를 돌리자 창문이 닫히는 소리가 들렸고, 바닥에 작게 접은 쪽지가 보였다.

"뭐지?"

쪽지를 펼쳐보니 급하게 휘갈겨 쓴 글씨가 보였다.

//시에 농구장에서 보자.

쪽지를 든 동현은 창문을 열었다. 하지만 근처에는 아무도 없었다. 자리로 돌아와서 살펴보니 한제아와 김도윤, 그리고 와이맨도 식사를 마쳤는지 그 사이에 사라졌다. 남아 있는 아이들을 확인한 동현은 쪽지를 펼쳐서 다시 읽어보고는 주머니에 넣었다. 누가 왜 보냈는지는 알 수 없지만 할 얘기가 있다는 점은 확실했다.

상대적으로 여유로운 저녁 식사가 끝나고 아이들은 본관으로 돌아갔다. 교실을 개조한 숙소였는데 동현은 아침에 자신을 깨운 와이맨을 먼발치서 따라갔다.

3호실이라고 이름 붙인 교실에 들어가서 아침에는 정신없이 나가느라 제대로 못 본 방의 모습을 살피는데 와이맨이 침대에 벌렁 누우면서 투덜거렸다.

"하루하루가 지옥 같네. 진짜."

동현은 침대에 걸터앉은 채 창밖을 바라봤다. 쇠창살이 있는 창문 너머에는 해가 서서히 저물어 가는 중이었다.

10시가 취침 시간이고 그때까지는 자유시간이었다. 악마 같던 미친개와 조교들도 보이지 않았다. 하지만 휴대폰과 텔레비전이 없어서 그런지 다들 어떻게 해야 할지 몰라 서성거리거나 모여서 얘기를 나누고 있었다. 어디에도 끼지 못한 동현은 침대에 걸터앉아 가만히 생각에 잠겼다.

'일단 농구장에 가봐야겠네.'

농구장은 본관 건물 뒤편 주차장 옆에 있었다. 그 뒤는 산이었는데 제법 높아서 아직 해가 떨어지기 전에도 꽤 어두운 그림자를 드리웠다. 세상이 차츰 어둑해지는 와중에 피곤에 지친 아이들이 하나둘씩 침대에 누웠다.

침대에 누워 시간을 보내던 동현은 벽에 걸린 시계가 10시 55분을 가리키자 소리 없이 일어났다. 누가 침대를 비웠는지 보려고도 해봤지만 침대마다 커튼이 쳐져 있어서 보이지 않았다.

다행히 복도는 화장실에 가는 아이들을 위한 전등 몇 개가 켜져 있었다. 화장실이라고 적힌 화살표를 따라가다가 뒷문으로 슬쩍 나간 동현은 생각보다 싸늘한 바깥 공기에 놀랐다. 입고 있던 트레이닝복 지퍼를 끝까지 올려 목을 감싼 동현은 주차장 옆 농구장으로 향했다.

펜스가 쳐진 농구장 안은 고요했다. 펜스가 끝나는 지점을 찾아서 걷던 동현은 농구 골대 뒤쪽으로 돌아갔다. 교문 쪽과 본관 쪽에만 조명이 켜져 있을 뿐이라서 농구장은 온통 어둠이 차지했다. 동현은 쪽지를 던진 주인공을 찾으려고 농구 코트 가운데까지 걸어갔다. 그리고 주변을 돌아봤다. 싸늘하고 묵직한 어둠이 동현의 용기를 갉아먹었다.

"누구야? 나를 부른 게."

어둠 속으로 퍼져나간 동현의 목소리는 메아리로 돌아왔다. 불안감이 점점 커질 무렵, 방금 지나친 농구 골대 아래에 그림자들이 보였다.

'세, 세 명이네.'

어제 산속에서 쫓아온 것도 세 명이었다. 불안함을 느낀 동현은 뒤로 주춤주춤 물러났다. 하지만 뒤쪽은 펜스가 처져 있어서 막힌 곳이나 다름없었다. 거기다 세 명은 아무 말 없이 동현에게 다가왔다. 겁이 난 동현은 뒤로 물러나면서 소리 쳤다.

"부, 불렀으면 말을 해야지!"

아무 대답 없이 다가온 세 명은 동현이 또래로 보였다. 어 둠이라 잘 보이지 않았지만 같은 파란색 트레이닝복을 입고 있는 것으로 봐서는 바른학교 학생이 분명했다.

잠깐 생각하느라 주춤거리는 사이 세 명의 아이들이 갑자 기 달려들었다. 가운데 덩치 큰 아이가 목을 잡고 발을 걸어 서 넘어뜨렸다. 순식간에 바닥에 쓰러진 동현에게 세 아이가 발길질을 쏟아냈다.

이유도 알지 못하고 정신없이 두들겨 맞던 동현은 이러다 죽을지도 모른다는 생각에 틈을 타서 벌떡 일어났다. 그리고 앞에 있던 아이를 밀쳐버렸다. 갑자기 밀린 아이는 뒤로 넘어졌는데 긴 머리가 출렁거렸다. 뒤로 밀려 쓰러진 아이를 뛰어넘어 도망치려던 동현은 넘어진 아이에게 발목을 잡히고 말았다.

"으악!"

앞으로 넘어진 동현이 일어나려던 찰나, 덩치 큰 아이가 어깨를 잡아 돌렸다. 곧 아랫배에 차가운 통증이 느껴졌다.

'또!'

비명을 지를 틈도 없이 상대방을 밀쳐버린 동현은 비틀거리며 뒤로 물러났다. 칼로 동현의 아랫배를 찌른 덩치 큰 아이가 재빨리 본관 쪽을 막았다.

소리를 지르고 싶었지만 배가 찔린 탓인지 목소리가 제대로 나오지 않았다. 결국 농구 골대를 지나 뒷산으로 도망치는 수밖에 없었다. 피가 흘러나오는 아랫배를 손으로 막은 동현은 비틀거리며 어둠이 더 깊어진 산으로 향했다.

동현은 비틀거리며 걸었다. 뒤를 돌아보자 세 아이가 쫓아오는 게 보였다. 그들은 제대로 걷지 못하는 동현을 얼마든지 쫓아올 수 있었지만 일부러 거리를 두면서 움직이는 듯했다. 곧 그 이유를 알아차렸다.

'내가 본관 쪽으로 가지 못하게 하려는 거였어.'

마치 맹수가 사냥감을 궁지에 몰 듯이 도움을 요청할 수 있는 사람들과 떨어뜨리려고 산속으로 몰아가고 있는 것이었다. 의도를 알아차렸지만 그 길로 도망칠 수밖에 없었다.

이리저리 도망치다가 길이 없는 곳으로 접어들었다. 나뭇잎이 깔린 바닥은 미끄러웠고, 어디로 가야 할지 갈피를 잡지 못했다. 상처 입은 배는 움직일 때마다 계속 고통이 느껴졌다. 마치 뱃속에 뱀 한 마리가 들어와서 온통 휘젓는 느낌이었다. 몇 번이고 다리가 꺾여 주저앉을 뻔했지만 겨우 버티면서 움직였다.

'다, 다시 학교로 내려가야겠어.'

거기서 도움을 요청하는 것만이 살길이라고 생각한 동현은 나무에 기댄 채 뒤를 돌아봤다. 세 사람은 여전히 쫓아오는 중이었지만 거리가 제법 떨어진 것 같았다. 동현은 마지막 힘을 쥐어짜서 몸을 낮춘 채 달리기 시작했다. 움직일 때마다 뱃속이 뒤집힐 것 같았지만 이를 악물고 참았다.

정신없이 도망치던 동현은 산 밑으로 내려가려고 방향을 틀었다.

"천천히, 조심스럽게."

계속 같은 말을 되뇌며 내려갔다. 뒤쪽에서는 갑작스럽게 방향을 바꾼 동현을 놓친 세 사람이 서로를 부르는 소리가 어둠 속에서 메아리쳤다. 바위와 나뭇가지를 잡고 움직이던 동현은 차츰 속도를 내기 시작했다. 이렇게만 움직인다면 학교까지 무사히 내려갈 것 같았다. 희망에 부푼 채 내려가던 동현은 나뭇가지를 붙잡았는데 그만 부러지고 말았다.

"으악!"

부러진 나뭇가지를 잡은 채 옆으로 쓰러진 동현은 머리가 터질 것 같은 통증 탓에 정신을 잃을 뻔했다. 나뭇가지가 부러지는 소리에 동현의 비명이 더해지면서 어둠이 감춰준 위치가 들통나고 말았다.

세 사람이 다급하게 움직이는 소리가 들려왔다. 동현은 통증 때문에 마구 떨리는 손으로 바닥을 짚고 겨우 일어났다.

방금 전까지 떠올린 희망은 모두 사라지고 이제는 절망감만 남았다. 몇 걸음 걷지 못하고 다시 쓰러진 동현은 왼손으로 나무를 붙잡고 안간힘을 썼다. 손바닥이 쓸리는 느낌이었지만 아픔을 토해낼 비명을 지를 힘조차 없었다.

겨우 일어난 동현은 이제 바로 근처까지 쫓아온 듯한 발소리를 들었다. 땀에 젖은 눈에 학교 건물과 농구장이 어렴풋하게 보였다.

"이, 이제 조금만 더 가면······."

마지막 힘을 내자고 다짐하는 도중 낙엽 때문에 주르륵 미끄러지고 말았다. 그리고 그대로 아래로 굴러떨어지다가 절벽 같은 곳에서 아래로 툭 떨어졌다. 바닥에 떨어지면서 온몸의 뼈가 으스러지는 느낌을 받았다.

"아악!"

비명이 나왔지만 오히려 통증은 희미해졌다. 뒤통수가 깨졌는지 뭔가 축축한 게 흘러나와 바닥을 적시는 게 느껴졌다. 의식이 서서히 사라져가는 와중에 산에서 자신을 내려다보는 세 사람의 그림자가 보였다. 그들의 어깨 너머 뜬 손톱 같은 초승달이 서서히 희미해지면서 동현에게는 잠 같은 죽음이 찾아왔다.

감기기 직전 동현의 눈에 절벽 위에 서 있는 세 명 중 왼쪽 사람의 그림자가 보였다. 긴 머리를 본 동현은 상대방이 누군지 알아차렸다. 그리고 눈을 감았다.

똑같은 하루

때르르르릉!

귀를 찢어버릴 듯이 시끄러운 소리에 동현은 눈을 떴다. 심장이 쿵쾅거리는 와중에 동현은 누워서 주변을 천천히 살펴봤다. 창문을 뚫고 들어온 햇살이 느껴졌다.

동현은 조심스럽게 아랫배를 만졌다. 얼굴이 찌푸려질 정도의 통증이 느껴졌지만 상처는 없었다. 하지만 왼손의 쓰라림까지 그대로 남아 있었다.

'죽었는데 다시 살아났어.'

여기저기서 아이들이 일어나는 소리가 들렸다. 동현도 천천히 일어나 주변을 둘러봤다. 젖혀진 커튼 사이로 침대들이 보였고, 그중 한 군데에서 와이맨이 화장을 하고 있었다. 그러다가 자신을 바라보는 동현에게 퉁명스럽게 말했다.

"뭘 봐."

뭐라고 대꾸하기도 전에 침대에서 일어난 와이맨이 창밖을 보며 말했다.

"빨리 나가. 늦으면 미친개한테 물려."

뭐가 어떻게 된 건지 모르겠다. 또다시 죽다가 살아났다는 생각에 두렵기도 했지만 동시에 살짝 어이가 없기도 했다. 와이맨을 따라 교실 밖으로 나갔다.

복도는 서둘러 밖으로 나가려는 아이들로 북적거렸다. 그들을 따라 나가려던 동현은 무심코 벽에 붙어 있는 전자식 시계를 보고는 입을 다물지 못했다.

"유월 이십육 일?"

날짜를 보고 멈추는 바람에 뒤따라오던 누군가와 부딪쳤다. 앞으로 꼬꾸라질 뻔한 동현은 겨우 균형을 잡았는데 뒤를 돌아봤다가 깜짝 놀라고 말았다.

"너!"

한제아가 짜증 난 표정으로 동현을 쏘아봤다.

"갑자기 멈추면 어떡해. 지금 뭐 하자는 거야?"

찰랑거리는 머리를 보니 어젯밤 죽어가면서 목격한 세 명 중 한 명이 떠올랐다. 가운데 덩치 큰 아이는 김도윤 같았지만 나머지는 헷갈렸는데 그중 한 명이 한제아라는 것을 이제 알게 된 것이다.

아무 대꾸도 하지 못하고 멍한 눈으로 바라보는 그를 쏘아보던 한제아가 옆으로 스쳐 지나갔다.

동현도 서둘러 운동장으로 나갔다. 흙먼지가 날리는 운동장에는 파란색 트레이닝복을 입은 아이들이 국기 게양대가 있는 단상 앞에 주르륵 줄을 섰다. 동현도 헐레벌떡 달려가서 제일 뒤에 섰다. 잠시 후, 선글라스를 쓴 미친개가 옆구리에 확성기를 낀 채 나타났다.

"게으름뱅이들아! 내가 일찍 일찍 나오라고 했지. 내 말이 우습나?"

아이들이 마치 군인처럼 '아닙니다'라고 외쳤지만 그걸로 미친개의 마음을 돌리지는 못했다. 미친개가 얼차려를 준다며 교문까지 선착순을 시켰다. 그 말을 들은 동현은 혼란에 빠졌다.

'어제랑 똑같잖아.'

우르르 뛰어가는 아이들에 쓸려서 달리던 동현은 김도윤과 시비가 붙을까 봐 극도로 조심하면서 일부러 늦게 뛰었다. 김도윤이 미친 듯이 달려 제일 먼저 들어가는 게 보였다.

하지만 어제와 마찬가지로 구호를 외치면서 들어오지 않은 바람에 다시 뛰어야만 했다. 대놓고 불만을 토해내지 못하고 돌아선 김도윤의 찡그린 얼굴이 보였다. 되도록 김도윤과 가까이하지 않으려고 거리를 두고 뛴 동현은 그 탓에 몇 번이고 다시 뛰어야만 했다.

힘들거나 고통스럽지는 않았다. 그걸 느끼기에는 머리에 담긴 의문이 너무나 컸다.

'누군가에게 공격받은 기억이 있는데 겉에 남은 상처는 없어. 그리고 같은 날이 반복되고 있어.'

계속 달리기를 하면서도 주변을 돌아봤다. 어제와 같은 오늘은 계속 이어졌다. 미친개는 비슷하게 아이들을 모욕하고 겁을 줬고, 끊임없이 움직이게 만들었다. 동현은 차라리 손을 들고 나가서 말해볼까 했지만 곧 고개를 저었다.

'믿지 않을 거야.'

거기다 미친 듯이 궁금하게 만든 건 자신을 찌른 아이들의 반응이었다. 김도윤과 한제아는 확실했다. 그래서 최대한 티가 나지 않도록 살폈다.

두 명 모두 별다른 모습을 보이지 않았다. 아무리 범죄를 저지른 아이들이라고 해도 칼로 찌르고 절벽에서 떨어뜨려 죽인 사람이 다시 멀쩡히 나타난 것을 보고도 놀라지 않을 리 없었다. 마치 기억 자체가 사라진 것 같았다. 풀리지 않는 고민과 의문 때문에 동현은 이상한 생각까지 들었다.

아이들은 대부분 지쳐서 숨을 헐떡거렸다. 동현 역시 지쳤지만 점심시간이 될 때까지 버텨야 했다. 예상대로 미친개는 점심시간이 될 때까지 아이들을 굴렸고, 동현은 눈에 띄지 않게 쉬엄쉬엄 하면서 시간을 보냈다.

점심시간이 지나고 오윤성 편집장의 강연 시간이 돌아왔다. 동현은 반복되는 일상과 죽음에서 벗어날 궁리를 했다.

'일단 다른 걸 떠나서 너무 아프고 끔찍해.'

죽음의 고통은 너무나 생생했다. 그걸 잊지 말라는 듯 칼에 찔린 아랫배와 나무에 긁힌 왼손의 통증이 그대로 남아 있었다.

점심이 끝나고 강연을 들으려고 교실에 앉은 동현은 쓰라린 왼쪽 손목을 만지작거리다가 깜짝 놀랐다.

"점이 하나 지워졌네."

무심코 오른쪽 팔뚝 안쪽에 새겨진 문신을 바라보았는데 별 모양의 점이 하나 더 지워진 것이다. 이제 일곱 개의 점 중 두 개가 사라졌다. 점이 있던 곳에 희미한 흔적만 남았다.

동현은 오윤성 편집장의 모욕적인 강연을 잠자코 들으려 했지만 점차 초조해졌다. 어제와 비슷한 일상이 흘러가고 시간이 지날수록 긴장감과 초조함의 강도가 강해졌다.

"어떡하지?"

손톱을 물어뜯으면서 고민에 빠졌다.

엊그제랑 어제 죽었고 오늘 다시 살아났다고 말하면 미친개는 당연히 믿지 않을 것이다. 무엇보다 기억이 없다는 점도 마음에 걸렸다. 마치 놀이터에서 빙글빙글 도는 뺑뺑이에 올라탄 느낌이었다. 어떻게든 뛰어내려야겠다는 생각이 계속 들지만 피할 방법이 떠오르지 않았다.

　오후 강연이 모두 끝나고 저녁 식사를 하러 다시 식당으로 향했다. 동현은 쪽지가 등 뒤에서 날아오는 걸 피하려고 일부러 창문 쪽이 아니라 벽을 등지고 앉았다. 그리고 먹는 내내 누가 가까이 다가와서 쪽지를 던지는지 보려고 주변을 살폈다.

　다행히 저녁을 다 먹을 때까지 쪽지는 날아오지 않았다. 안도의 한숨을 쉰 동현은 식판을 들고 일어났다. 문 옆에 있는 퇴식구에는 식사를 마친 아이들이 줄을 서서 식판을 반납하는 중이었다. 동현도 줄을 서는데 갑자기 누군가 트레이닝복 바지에 뭔가를 쑤셔 넣고는 문 밖으로 도망쳤다.

　"누구야?"

　놀라서 돌아봤지만 이미 문밖으로 나가버린 상태였다. 뒤를 쫓아가려고 했지만 뒤에 선 아이들이 문을 가리는 바람에 나갈 수도 없었다. 우두커니 서 있는 동현에게 뒤에 선 아이가 쏘아붙였다.

　"빨리 안 가?"

　어쩔 수 없이 움직인 동현은 식판을 반납한 후 힘없이 식당 밖으로 나왔다.

　지옥 같은 일정에서 해방된 아이들은 삼삼오오 모여 웃으며 얘기를 나눴다. 하지만 그 누구도 동현에게 말을 걸거나 다가오지 않았다. 본관 옆 화단에 선 동현은 떨리는 손으로 주머니에 손을 넣어 쪽지를 꺼냈다. 혹시나 하는 마음이 들었지만 내용은 똑같이 밤 11시에 농구장으로 나오라는 것이었다.

산으로 도망갔던 첫 번째 죽음 역시 농구장에서 시작된 게 분명하다.

동현은 입술을 뜯으면서 초조하게 화단을 서성거렸다. 무슨 이유인지 모르고 계속 죽는다는 게 너무 두렵고 고통스러웠다.

동현은 무심코 교문 쪽을 바라봤다. 굵은 쇠사슬로 채워져 있지만 차가 드나들어야 해서 그런지 옆에 있는 주차장 쪽은 문을 열고 닫을 수 있었다. 그게 아니라고 해도 담장이 그리 높지 않아 넘어가는 건 그다지 어렵지 않았다. 바로 앞에는 구불구불한 도로가 있었는데 거길 따라가면 뭐든 나올 거 같았다.

사실, 감시가 엄격하게 이뤄지지는 않았다. 도망치면 곧장 소년원에 가야 한다는 규칙 때문에 다들 도망칠 엄두를 내지 못하는 것 같았다. 하지만 또다시 죽는 것이 두려운 동현은 그런 건 무시하기로 했다.

결정을 내린 동현은 본관으로 들어갔다. 그리고 이전에는 여유가 없어서 살펴보지 못했던 내부를 살펴봤다. 교실이던 곳을 침실로 개조했는데 두꺼운 커튼을 쳐서 교실을 두 개로 나누고 한 곳에 네 개의 침대를 두었다. 그중에 두 개는 비어 있고, 동현이와 와이맨만 쓰고 있었다. 다른 교실도 그렇게 침실로 만든 것 같았다.

1층은 남자아이만 보이는 것으로 봐서 한제아 같은 여자아이는 2층을 쓰는 것 같았다.

아직 밤이 될 때까지는 시간이 있었기 때문에 본관 주변을 돌면서 이리저리 살펴봤다. 미친개를 비롯한 조교들은 식당 옆 강당 같은 건물에 들어갔다. 그곳이 침실 겸 휴식 공간 같았다. 본관 뒤에는 농구장과 주차장이 있었고, 그 뒤로는 산이 보였다. 산은 낮게 드리워진 구름이 휘감겨 있었다. 자세히 보니 구름보다 안개처럼 느껴졌다.

9시 반이 되자 취침하라는 방송이 나왔다. 동현처럼 본관 주변을 서성대던 아이가 하나둘씩 들어가기 시작했다.

동현 역시 침대가 있는 교실로 들어갔다. 와이맨은 벌써 자는지 침대 주변의 커튼을 친 상태였다. 동현은 침대에 누워서 커튼을 반쯤 쳤다. 팔베개를 한 채 누운 동현은 시간이 흐르기를 기다렸다.

10시가 되자 불이 꺼지기 시작했다. 마른침을 삼킨 동현은 10시 반쯤 스르륵 일어났다. 비상등만 켜진 복도로 나간 동현은 아침에 나갔던 정문으로 나갔다.

농구장이 있는 본관 뒤쪽을 등지고 교문이 있는 운동장을 가로질러 갔다. 어둠이 짙게 깔린 상태였지만 교문 쪽에 작은 조명등이 하나 켜져 있어 길을 밝혀주었다.

교문은 낮에 본 것과 마찬가지로 굵은 쇠사슬이 채워져 있었지만 바로 옆 주차장 입구는 접이식 가드레일만 있었는데 높이가 낮았다.

주변을 살핀 동현은 접이식 가드레일에 배를 대고 넘어갔다. 교문 밖으로 나간 다음에는 살짝 내리막인 도로를 따라 서둘러 걸었다. 과속방지턱이 하나 있는 2차선 도로는 곧게 뻗었다가 산줄기를 따라 오른쪽으로 꺾어졌다. 거기까지 쉬지 않고 걸어간 동현은 한숨을 돌리고 주변을 살펴봤다. 그런데 뒷산을 감싸고 있던 안개가 이번에는 도로에 내려앉아 있었다.

"무슨 놈의 안개가 한밤중에 도로에 깔려?"

동현은 정말 이상한 곳이라고 투덜거리면서 계속 걸었다. 어느 정도 걷다 보면 사람이 나올 거고, 도움을 요청하면 일단 이곳을 벗어날 수 있으리라고 판단한 것이다.

'오늘 밤만 넘기면……'

농구장에서 자신을 찌른 세 명은 바른학교 학생이고, 밖으로 나갈 엄두를 못 내고 있으니 오늘 밤만 넘기면 다시 죽지는 않으리란 계산이었다.

용기를 낸 동현은 안개를 뚫고 길을 걸었다. 안개에 들어가는 순간 머리가 살짝 아파왔지만 억지로 참고 걸었다. 그러다가 문득 생각났다.

"여기가 정확히 어디쯤이지?"

일단 서울이 아닌 건 확실했다. 그래도 조금만 가면 뭐든 나올 것이라는 생각을 가지고 계속 걸어갔다. 하지만 안개는 여전히 도로를 휘감고 있었고, 아무리 걸어도 벗어날 수 없었다.

"대체 어디까지 안개가 낀 거야?"

다리가 아파 올 정도로 걸었지만 도로는 끝나지 않았고, 안개도 사라지지 않았다. 안개 사이로 보이는 주변 지형도 비슷해서 마치 같은 자리를 맴도는 것 같았다.

괜히 도망쳤나 후회할 무렵, 갑자기 뒤쪽에서 빵빵거리는 소리가 들렸다. 놀라서 돌아보자 마치 괴수의 눈 같은 헤드라이트가 보였다. 그대로 굳어버린 동현의 눈에 안개를 뚫고 오는 거대한 검정색 자동차가 보였다.

동현 앞에서 차가 멈추고 운전석 문이 열리고는 누군가 내렸다. 살짝 입을 벌린 채 지켜보던 동현은 낯익은 사람이라는 걸 깨달았다. 상대방 역시 동현을 보고 혀를 찼다.

"도망친 거야?"

입고 있는 트레이닝복 때문에 거짓말하기 애매해진 동현은 고개를 끄덕거렸다.

"네, 맞아요."

오윤성 편집장이 테 없는 안경을 끌어올리며 대답한 동현을 바라봤다.

"기껏 도망쳤는데 왜 여기서 어물쩍거려?"

"길을 잃었어요."

어깨를 으쓱거린 동현을 본 오윤성 편집장이 운전석에 도로 타면서 말했다.

"어서 타. 학교로 데려다줄게."

싫다고 하고 싶었지만 다른 방법이 없었다. 거기다 이제 11시가 훨씬 지난 상태라서 괜찮을 것 같기도 했다.

생각을 정리한 동현이 조수석에 앉자 오윤성 편집장이 차를 돌렸다. 헤드라이트가 안개를 무심하게 밀어내는 와중에 차는 왔던 길을 돌아갔다. 안전벨트를 맨 동현에게 궁금한 게 생겼다.

"강연은 아까 끝났는데 왜 이 밤중에 돌아가세요?"

"너희들 자료들이랑 생활 태도 점검표 보느라고."

"그걸 왜?"

"너희들이 정말 반성하는지 안 하는지 보려고."

"우리는 안 변한다고 하셨잖아요."

"그랬지. 그런데 사람들이 믿지 않아. 그래서 데이터를 보여주려고 들여다봤지."

차갑고 냉정한 얘기를 들은 동현이 물었다.

"우리를 실험체로 삼은 셈이네요."

"배부른 실험체지. 열흘 정도 되는 시간 동안 너희들이 반성하고 변할 거라고 믿는 바보들이 있으니까 말이야."

"우리가 진짜 그렇게 많이 잘못한 건가요?"

궁금증과 반항심이 더해진 물음에 핸들을 잡은 오윤성 편집장이 코웃음을 쳤다.

"진짜 나쁜 놈들이지."

"제가 무슨 잘못을 저질렀는데요."

오윤성 편집장은 동현을 백미러로 힐끔 바라봤다.

"아주 큰 잘못. 그러니까 자꾸 물어보지 마. 그런다고 네 잘못이 작아지는 건 아니니까."

다른 뜻으로 오해한 오윤성 편집장의 대꾸에 동현은 아무 말도 하지 못했다. 진짜 기억이 나지 않아 물어봤다고 얘기할 분위기가 아니라는 걸 깨달았기 때문이다. 잠깐의 침묵이 흐르고 그가 다시 입을 열었다.

"이 동네는 항상 이렇게 안개가 껴. 그리고 진짜 외딴 곳이라서 민가랑은 한참 떨어져 있어. 그러니까 도망칠 생각은 하지 않는 게 좋아. 안개 속에서 길을 잃으면 진짜 위험하니까."

"그런 곳에 왜 학교가 지어진 건가요?"

"그 산에 광산이 있었어. 텅스텐."

"그런데요?"

"한때는 거기 광산 인부만 수천 명이었어. 딸린 식구까지 하면 이만 명이 넘었지. 그래서 학교가 필요해서 거기에 지은 거야. 광산 근처에는 땅이 없어서 아래쪽으로 내려와 지은 거지. 그런데 광산이 문을 닫고 인부가 뿔뿔이 흩어지면서 자연스럽게 학생도 줄어든 거야. 문을 닫은 곳에 너희들이 오게 된 거지."

"안개가 너무 많이 껴요."

"그것도 전설이 있어."

동현이가 쳐다보자 오윤성 편집장이 대답했다.

"여기가 6·25 때 격전지라 전사자가 많이 나왔나 봐. 그런데 북한군이 국군 전사자와 부상자를 가리지 않고 묻어버렸다고 했어. 저 산 어딘가에 말이야. 산 채로 묻힌 부상자가 마지막으로 내쉰 숨이 안개처럼 변해 항상 산 주변을 유령처럼 배회한다고 했어."

"정말이요?"

"모르지. 하지만 안개가 끼면 이 동네 주민들은 가급적 외출하지 않으려고 해. 그러니까 너도 도망칠 생각은 하지 마. 안개 속에서 헤매다 절벽에서 떨어지거나 차에 치일 수 있으니까."

걱정하는 건지 아니면 그러길 바라는 건지 알 수 없는 얘기를 들은 동현은 아무 대꾸도 할 수 없었다. 잠시 후, 차는 학교 앞에 도착했다. 차를 멈춘 오윤성이 조수석에 앉은 동현을 바라봤다.

"계속 말하지만 도망칠 생각은 하지 않는 게 좋아."

동현이 뭐라고 대답하기도 전에 오윤성 편집장은 차를 돌려 안개 속으로 사라졌다. 빨간색 미등이 안개와 어둠 속으로 파묻히고 난 후에야 홀로 남은 동현은 학교를 바라봤다. 학교는 산에서 내려온 안개에 휘감겨 있었다.

"새벽이면 학교는 안개에 휩싸이네."

혼잣말을 중얼거리던 동현은 어쩔 수 없이 학교로 들어가기로 했다.

아까처럼 주차장의 접이식 가드레일을 넘어 학교 안으로 들어갔다. 새벽이라 그런지 6월 말임에도 불구하고 꽤 쌀쌀했다. 입고 있는 트레이닝복 지퍼를 끝까지 채운 동현은 천천히 운동장을 가로질러 갔다.

'일단 방에 돌아가서 한숨 자고 일어나면 어떻게 돌아가는지 알겠지.'

학교 본관으로 다가가는데 현관 앞에 얼룩 같은 그림자가 보였다. 걸음을 멈춘 동현은 그림자가 세 개라는 사실을 알아차렸다.

'이런!'

농구장과 11시만 피하면 된다고 생각한 동현은 그대로 얼어붙고 말았다. 멈춰 선 동현 쪽으로 세 개의 그림자가 다가왔다.

뒷걸음질로 물러나다가 동현은 아까 들어온 교문 쪽을 바라봤다. 일단 도망쳐야겠다는 생각에 동현은 몸을 돌렸다. 그리고 있는 힘껏 달아났다. 달리면서 뒤를 힐끔 바라보자 세 개의 그림자가 달려오는 게 보였다.

학교 옆에 미친개와 조교들이 머무는 강당이 보였다. 순간적으로 그쪽으로 도망치려고 방향을 틀었다. 하지만 거리가 순식간에 좁혀들고 말았다. 소리를 지를까 했지만 그 생각을 끝내기도 전에 셋 중 한 명이 강당 쪽으로 달려와서 가로막았다. 덩치 큰 한 명은 교문 쪽으로 다가갔다.

"젠장!"

어떻게 빠져나갈까 고민하다가 오히려 빠져나갈 기회를 놓쳐버리고 말았다. 포위망 속에 갇혀버린 동현은 주변을 돌아봤다. 세 명은 서서히 좁혀 들어왔다. 학교 본관 쪽을 막은 그림자의 긴 머리가 보였다.

'한제아일 것이다.'

그쪽을 노려보기로 했다. 일부러 교문 쪽으로 슬금슬금 움직여 방심하게 만든 다음에 재빨리 학교 본관 쪽으로 달렸다. 긴 머리의 그림자가 앞을 막아 섰지만 동현은 그 옆을 아슬아

슬하게 스쳐 지나갔다.

포위망을 돌파한 동현은 계획을 바꿨다.

'일단 본관으로 들어가서 문을 잠그자.'

단숨에 계단을 올라가 현관에 도착한 동현은 문고리를 잡아당겼다. 하지만 문고리는 꼼짝도 하지 않았다. 당황한 동현은 연거푸 당겨봤지만 덜커덕거리는 소리만 날 뿐 열리지 않았다.

"이, 이거 왜 이래?"

당황한 동현이 계속 문고리를 당기는 사이 세 명은 바로 뒤까지 다가왔다. 피해야겠다고 생각할 틈도 없이 다가온 세 명은 각자 칼을 꺼내서 동현의 가슴과 배를 마구 찔렀다.

살이 찢기는 소리와 함께 칼날이 몸을 뚫고 들어왔다가 빠져나가면서 내는 서걱거리는 소리가 섬뜩하게 들려왔다.

"으윽!"

비명을 지르며 발버둥을 쳐 봤지만 맨손으로는 소용이 없었다. 계속 칼에 찔려 다리에 힘이 풀린 동현은 현관문을 등진 채 그대로 주저앉았다.

상처에서 흘러나온 피가 바닥에 고인 게 느껴졌다. 숨을 쉴 때마다 상처의 통증이 느껴졌다. 숨을 쉬는 것조차 고통스러웠지만 동현은 그래도 필사적으로 숨을 내쉬었다.

주저앉은 동현을 말없이 내려다보던 세 명 중 긴 머리가 동현이 앞에 섰다. 무심코 올려다본 동현은 상대방이 고양이 가면 같은 걸 쓰고 있는 걸 봤다. 하지만 체구나 긴 머리는 영락없이 한제아였다. 궁금했다. 동현은 꺼져가는 목소리로 물었다.

"왜?"

긴 머리는 대답 대신 왜 그런 걸 물어보느냐는 듯 고개를 옆으로 기울였다. 그리고 칼날이 한쪽 눈을 꿰뚫는 소리가 들렸다. 동현의 의식은 눈을 꿰뚫은 칼날 너머로 사라져 버렸다.

죽음의 이유

때르르르릉.

다시 울리는 종소리에 동현은 억지로 눈을 떴다. 그리고 이전과 다름없이 침대에 누워 있다는 사실을 깨닫고는 헛웃음을 지었다.

혹시나 하는 마음에 오른쪽 팔뚝 안쪽을 살펴봤다. 별같이 생긴 문신이 하나 더 사라져서 이제 남은 건 네 개였다.

'매일 반복되는 거네.'

이제는 반복되는 것도 무서울 뿐만 아니라 하루가 반복되면서 사라지는 별 모양 문신도 두려워졌다. 그게 모두 사라지면 무슨 일이 일어날지도 이제는 걱정의 대상이 되었다.

누워서 생각에 잠겨 있던 그에게 얼른 일어나라는 와이맨의 잔소리가 들렸다. 잠자코 일어난 동현은 밖으로 나가는 대신 화장하는 와이맨에게 다가갔다. 놀란 와이맨이 동현을 바라봤다.

"왜?"

"얘기 좀 해."

온갖 방법으로 도망치려 했지만 사실상 실패한 이상 남은 건 정면 돌파밖에 없다고 생각했다. 자신을 반복해서 죽이는 세 아이를 피하지 못한다면 왜 죽이려 드는지 이유를 알아야 겠다고 판단한 것이다.

하지만 김도윤이나 한제아, 그리고 밝혀지지 않은 남은 한 명에게 직접 물어보면 대답을 안 하거나 오히려 공격받을 것 이다. 그래서 제3자인 와이맨과 얘기를 나눠보기로 했다. 하 지만 와이맨은 버럭 화를 냈다.

"너랑은 말 안 해!"

아직 화장을 다 하지 못했지만 와이맨은 서둘러 일어나 밖 으로 나가려고 했다. 우두커니 서 있던 동현이가 물었다.

"왜?"

문가에 선 와이맨이 돌아서지도 않은 채 대꾸했다.

"자기한테 말 걸지 말라고 한 게 누군데?"

"그게 나라고?"

돌아선 와이맨이 방금 질문한 동현을 보면서 어처구니없다 는 표정을 지었다.

"정말 짜증 나. 너는 항상!"

말을 마친 와이맨은 밖으로 나갔다. 동현도 따라서 밖으로 나갔다.

어제, 그리고 엊그제 같은 하루가 반복되었다.

미친개는 아이들을 마치 잡아먹을 듯이 괴롭히고, 여기서 쫓겨나면 소년원에 가야 하는 아이들은 어쩔 수 없이 고분고분하게 굴었다.

동현은 와이맨과 다시 얘기를 나누고 싶었지만 멀리 떨어져 있어 오전에는 말을 붙일 틈이 없었다.

동현은 묵묵히 오전 시간을 보냈다. 어차피 아무 일도 일어나지 않는다는 사실을 알고 있기 때문에 마음을 편하게 먹기로 했다.

점심시간에는 첫날처럼 창가에 앉아 밥을 먹었다. 그러다 등에 뭔가 맞았다.

'쪽지다.'

동현은 벌떡 일어나 창가로 향했다. 쪽지를 던진 누군가가 도망치는 게 보였는데 긴 머리가 출렁거렸다.

'한제아!'

곧장 식당 밖으로 나간 동현은 건물 뒤에서 나오는 한제아와 마주쳤다. 숨을 헐떡거리던 한제아는 동현을 보고 걸음을 멈췄다.

"왜 나한테 쪽지를 던진 거야?"

동현의 물음에 한제아는 우물쭈물하면서 피하려고 했다. 다시 가로막은 동현이 목소리를 높였다. 밤중에 마주쳤을 때는 무서웠지만 지금은 혼자이고 낮이다. 정황상 유리했다.

동현은 한제아를 압박했다. 어서 말하라고 외치며 다가가던 동현은 갑자기 뒤통수에 큰 충격을 받았다.

"억!"

예상치 못한 충격에 뒤통수를 감싸 쥔 동현이가 비틀거리다가 앞으로 쓰러졌다. 그사이 한제아는 후다닥 사라져 버렸다. 뭔가에 맞은 뒤통수에서 따뜻한 피가 흘러내리는 게 느껴졌다. 피가 나는 걸 안 동현은 움직일 수 없었다.

마침 식사를 마치고 나온 미친개가 다가왔다.

"야! 한동현 무슨 일이야?"

뒤통수를 손으로 잡고 있던 동현은 걸음을 멈추고 지켜보던 아이들의 시선을 느꼈다. 일을 크게 벌일 필요가 없었다.

"뒤로 넘어졌습니다."

얼굴을 찡그린 미친개가 본관 쪽을 가리켰다.

"오후 수업은 좀 늦어도 괜찮으니까 보건실 가서 치료받고 와."

"네."

뒤통수를 손으로 막은 동현은 본관으로 가서 1층 현관 옆에 있는 보건실로 들어갔다. 보건실 옆에는 상담실이 있었고 오늘 상담을 받을 아이들 명단이 붙어 있었다.

휴대폰을 보고 있던 양호 선생님은 동현을 보고는 놀란 표정을 지었다.

"얼른 자리에 앉아."

양호 선생님은 서랍에서 붕대와 약을 꺼냈다.

"어떻게 다친 거야?"

"그냥 뒤로 넘어졌어요."

"크게 다치지는 않고 살짝 찢어졌네."

양호 선생님은 소독약을 살살 발라주었다. 그리고 거즈를 붙여주는 것으로 치료를 마무리했다.

"원하면 침대에 좀 누웠다 가도 괜찮아."

미친개가 오후 수업에 좀 늦어도 된다고 했고, 오윤성 편집장의 저주 섞인 잔소리를 반복해서 듣는 것도 지겨웠다. 잠깐 누웠다가 갈까 고민하다가 아까 본 상담실이 떠올랐다.

"괜찮아요. 선생님. 잠깐 상담실에 들렀다가 교실로 가겠습니다."

보건 선생님은 이따가 저녁 먹고 다시 오라고 말했다.

"고맙습니다."

복도로 나온 동현은 맞은편에 있는 상담실 문을 노크했다. 잠시 후, '누구세요'라는 말이 들리자 동현은 문가에 대고 속삭였다.

"학생인데 상담 좀 받을 수 있을까요?"

잠시 후 문이 열리고 파마머리를 한 중년 여성이 보였다. 아이보리색 정장에 한쪽 가슴에는 심리상담사 박가윤이라는 명찰이 붙어 있었다. 동현을 위아래로 살펴보던 그녀가 말했다.

"아직 상담 시간이 아닌데?"

"네, 뒤통수를 다쳐서 치료받고 잠깐 들렀습니다. 여쭤보고 싶은 게 있어서요."

간절한 표정을 지은 동현의 말에 박가윤이 한 발 뒤로 물러서며 문을 더 열었다.

"어차피 비어 있으니까 들어와요."

상담실은 조명이 별로 없어 어둑어둑했지만 그 때문인지 편안한 느낌이었다. 향을 피워놓은 것인지 짙은 향냄새가 풍겼다. 벽쪽에는 거의 누울 수 있는 푹신한 의자에 긴 스탠드 등이 나란히 있었다. 박가윤 상담사가 그쪽을 가리켰다.

"저기 앉아요. 이름이?"

"동현, 한동현입니다."

"좋아요."

경쾌하게 말한 박가윤 상담사가 맞은편의 하얀색 의자에 앉았다. 동현이 의자에 앉았는데 거의 누운 수준이라 조명이 켜진 천장이 보였다. 한숨을 내쉬는 동현에게 박가윤 상담사가 물었다.

"한동현 학생은 무슨 일로 상담받으러 온 건가요?"

"좀 이상하게 들리실 수 있겠지만요……."

어디까지 얘기할지 고민하는 동현에게 박가윤 상담사가 따뜻한 목소리로 말했다.

"이상하게 듣는 사람은 있어도 이상한 얘기는 없어요. 그러니까 마음 놓고 얘기해요. 그 어떤 얘기도 저 문을 넘는 일은 없을 거예요."

그 말에 약간 안심한 동현은 조심스럽게 입을 열었다.

"기억이 사라졌어요. 이름만 빼고요."

박가윤 상담사는 아무 말도 하지 않고 길게 침묵을 지켰다. 초조해진 동현은 괜히 얘기했다고 후회했다. 그때 박가윤 상담사의 목소리가 들렸다.

"얼마나 사라졌는데요?"

"전부 다요. 기억이 안 나요."

같은 하루가 반복되고 거기에서 매일 죽는 것으로 끝난다는 말은 차마 하지 못했다. 부스럭거리는 소리를 낸 박가윤 상담사가 잠시 후 입을 열었다.

"왜 기억이 사라졌다고 생각해요?"

"사라졌을 뿐 왜 사라졌는지는 모르겠어요. 혹시 제 기록을 가지고 계시면 말씀해 주실 수 있으세요?"

"기록?"

"제가 여기 왜 끌려왔는지요. 무슨 일을 저지르고 여기 왔는지 모르겠어요."

그녀가 아무 대답도 하지 않으니 겁이 나고 걱정이 됐다.

"저도 믿기지 않아 아무에게도 말하지 않았어요."

"사라졌을 뿐 왜 사라졌는지 모른다라……."

말끝을 흐리는 박가윤 상담사의 목소리를 들은 동현은 상담받지 않았어야 한다고 생각하고는 일어나려고 했다. 그때 그녀의 목소리가 들렸다.

"솔직히 나도 학생들이 무슨 일을 겪었는지 몰라요."

상담사가 말했다.

"네?"

"처음 상담해달라는 요청을 받았을 때 기록을 보여달라고 했지만 거절당했어요."

"왜요?"

떨리는 목소리로 물어본 동현에게 박가윤 상담사가 대답했다.

"선입견을 가질 수 있다고 했어요. 틀린 얘기는 아니라서 수긍했죠. 그러니까 학생에 대해 알아봐달라는 부탁은 들어주고 싶어도 들어줄 수 없어요."

그리고 자그마한 목소리로 미안하다고 덧붙였다. 실망감

에 얼굴이 굳어진 동현이 일어나려고 하자 박가윤 상담사가
말했다.

"기억이 사라지는 경우는 종종 있어요."

동현은 얘기를 더 나눠볼 수 있겠다는 생각이 들었다.

"어떨 때요? 자동차에 치이거나 머리를 심하게 다치면 그
런가요?"

작은 웃음소리가 들렸다.

"그건 드라마에서 써먹는 거고, 기억이 사라지는 이유는
여러 가지예요. 보통은 건망증이라고 부르죠. 대표적인 경우
가 만취해서 기억을 잃어버리는 블랙아웃이에요."

"블랙아웃이요?"

"필름이 끊긴다고 하잖아요. 끊긴 순간부터 기억이 사라지
기 때문에 아무것도 기억하지 못하는 거죠. 정확하게는 선행
성 기억상실증이라고 불러요. 우리 머리에 해마라고 기억을
담당하는 부위가 있는데 여기에 문제가 생기면 기억을 잃어
버리죠."

"정말 아무것도 기억하지 못하나요?"

"정확하게는 손상된 이후의 기억을 못 하게 되어 있어요.
해마가 손상되면."

"보통 어떨 때 손상되나요?"

"보통은……."

생각하느라 잠깐 끊긴 목소리가 다시 들렸다.

"스트레스죠. 스트레스를 받으면 생기는 코르티솔이라는 성분이 해마를 망가뜨려요. 정확하게는 영양 공급을 막는 거죠. 그래서 PTSD라고 부르는 외상 후 스트레스 증후군이나 우울증, 급성 스트레스 장애같이 스트레스와 관련된 질병이 기억 장애를 동반하는 이유로 보고 있어요. 그리고 알코올도 원인이고, 술을 지속적으로 마셔서 필름이 계속 끊기면 결국은 영구적인 기억상실로 이어지죠."

"하지만 그건 술을 마신 이후부터잖아요. 저는 여기 와서 술을 마신 적이 없어요."

"맞아요. 거기다 선행성 기억상실이라면 며칠 혹은 몇 시간의 기억만 사라지죠. 그러니까 여기 왜 왔는지를 잊어버릴 수 있지만 그 이전의 기억은 남아 있어야 해요."

"그렇다면 제가 여기 오기 전의 기억까지 잃어버린 건 무슨 이유 때문일까요?"

"전생활건망증 같아요. 이전의 기억이 일부분 혹은 전부 사라진 거죠. 정말 이름 외에는 기억나는 게 없어요? 부모님이나 사는 곳은요?"

"전혀요."

동현의 대답을 들은 박가윤 상담사가 잠시 더 생각하더니 입을 열었다.

"영화나 드라마처럼 머리에 심한 충격을 받고 기억이 상실되는 일이 있긴 하지만 대부분은 사고 당시와 직후의 기억만이죠."

"앞의 기억이 아니라요?"

"그래요. 사고 당시의 충격과 고통을 머리에 남겨놓지 않으려고 일부러 기억이 사라지는 거죠. 교통사고 환자가 사고 당시를 기억하지 못하는 게 대표적이에요."

"그러면 저는 왜 기억이 다 사라진 거죠?"

주저하는 것 같던 박가윤 상담사의 목소리가 들렸다.

"앞서 말했듯이 기억상실증은 정말 여러 가지 이유로 발생해요. 스트레스나 약물로 뇌가 손상될 때 발생하죠."

"스트레스나 약물……."

답을 얻으려고 왔지만 반대로 더 머리가 아파 왔다. 처음에는 어떤 충격을 받아 기억이 사라진 줄 알았다. 그런데 오히려 충격을 받는 것으로는 이전의 기억이 사라지지 않는다는 답변만 들었다. 거기다 같은 날과 죽음이 반복되는 현상은 아예 물어보지도 못했다. 기억상실의 이유가 스트레스와 약물이라는 모호한 답변만 들었다.

박가윤 상담사도 더 이상 해줄 말이 없는지 침묵을 지켰다. 몸을 일으켜 박가윤 상담사를 바라본 동현이가 물었다.

"어떻게 해야 기억이 돌아올까요?"

잠시 주저하던 박가윤 상담사가 대답했다.

"특별한 방법은 없어요. 상당수는."

작게 한숨을 쉰 그녀가 덧붙였다.

"기억을 평생 되찾지 못하기도 하죠."

"저도 그렇게 될까요?"

"그렇다고 해도 사회생활에 큰 문제가 되지는 않아요. 일상생활을 하는 법까지 잃어버리지는 않으니까, 학생도 기억만 없을 뿐이지 일상생활에는 지장이 없잖아요."

"그렇긴 하죠. 기억을 찾지 못하면 어떻게 해야 하죠?"

"일단은 주변 사람이 자기에 대해 알려주는 걸 가지고 어떻게 살아왔는지 알 수 있어요. 기억상실증에 걸린 사람도 가족이나 친구가 이전 기억을 알려주면 그것으로 충분히 살아갔죠. 아마 학교가 끝나면 가족이 찾아오지 않을까요? 그들을 보면 기억날 수도 있고, 아니면 그들이 학생에게 얘기해줄 수 있겠죠."

"가족을 만나면 된다고요?"

"아니면, 여기 책임자한테 얘기하고 학생에 대한 기록을 볼 수도 있고."

미친개를 떠올린 동현은 작게 고개를 저었다.

"아마 빠져나가려고 거짓말한다고 생각할 거예요. 친구에게서 제 기억의 조각을 찾아봐야겠네요. 아무튼 고맙습니다."

의자에서 몸을 일으킨 동현이 인사하고 문 쪽으로 향하자 박가윤 상담사가 작게 기침을 했다. 문고리를 잡은 동현이 돌아보자 박가윤 상담사가 조심스럽게 말했다.

"여기에 어떤 아이들이 오는지는 알죠?"

"대충은요."

"내 생각에는……."

"말씀해 주세요."

"학생이 여기로 온 이유가 기억상실의 원인일 수도 있어요."

"그게 무슨 뜻인……."

대꾸하던 동현은 박가윤 상담사의 표정을 보고 원래 하려던 말을 삼켰다. 잠시 후, 겨우 입을 열었다.

"제가 어떤 끔찍한 짓을 저질렀고, 그걸 잊고자 기억을 잃어버렸다는 말씀이신가요?"

"그냥 추론이에요. 인간은 지구에서 가장 높은 산과 가장 깊은 바다를 정복했고, 심지어는 인간이 살 수 없는 우주까지 나가봤지만……."

박가윤 상담사가 자기 머리를 손가락으로 가리키며 덧붙였다.

"뇌는 인간이 아직 정복하지 못했어요. 아는 게 별로 없거든요."

"좋은 말씀이지만 별로 위안이 되지 못하네요."

"이 문제로 너무 고민하면 오히려 더 상태가 악화될 수 있어요. 그러니까 마음 편하게 먹고, 일상을 잘 지내봐요. 마지막 날 다시 얘기해 보죠. 중간에 상의할 수 있으면 언제든 오고요."

따뜻한 미소를 보인 박가윤 상담사에게 고맙다는 말을 남긴 동현은 밖으로 나왔다.

강연이 한참인지 복도에는 아무도 없었다. 일단 부딪쳐 보기로 했다. 동현은 오윤성 편집장이 강연하고 있는 교실로 향했다.

천천히 복도를 걸어가다가 화장실 옆 창고 같은 공간 앞에 멈췄다. 안으로 밀어서 여는 두꺼운 철문 안쪽에는 앵글로 만든 수납장이 보였는데 이런저런 물건이 쌓여 있었다. 천장에는 조명등이 하나 켜져 있었고, 안쪽에 스위치가 있었다. 내부를 구석구석 살펴본 동현은 문고리 대신 전자도어락이 설치돼 있는 것까지 확인하고는 교실로 향했다.

뒷문을 열고 들어가니 미친개가 벽을 등지고 서서 오윤성 편집장의 얘기를 듣는 게 보였다. 소리를 듣고 고개를 돌린 미친개가 자리로 가서 앉으라고 턱짓했다.

빈자리에 앉은 동현은 오윤성 편집장을 쳐다봤다. 한참 한제아에게 비난의 화살을 퍼붓던 오윤성 편집장은 뒷문을 열고 들어와서 자리에 앉은 동현을 바라봤다.

"이게 누구야? 한동현이 여기 있었네. 너도 용서받을 수 있다고 보는 사람들이 있구나. 진짜."

오윤성의 편집장의 빈정거림에 동현은 잠깐 뜸을 들였다가 대꾸했다.

"제가 선택한 건 아니니까요. 노력해 보려고요."

예상 밖의 대답인지 오윤성 편집장의 표정이 굳어졌다. 하지만 더 이상 물고 늘어지지 않고 하던 얘기를 계속했다.

동현은 강연이 모두 끝날때까지 기다렸다. 그리고 벨이 울리자마자 밖으로 나가 오윤성 편집장을 따라잡았다. 어젯밤에 분명 자신을 태우고 돌아왔지만 아무것도 모르는 것 같은 얼굴을 한 오윤성 편집장이 동현을 바라봤다.

"왜?"

"믿으실지 모르겠지만 정말 반성하고 있습니다. 그러니까 너무 짜증만 내지 말아주세요."

"그걸 나보고 믿으라고?"

코웃음을 친 오윤성 편집장이 물었다.

"그럼 강윤섭이한테는 사과했니? 아니, 사과할 수가 없지."

강윤섭이라는 이름을 듣는 순간 기억의 실마리가 풀릴 수 있겠다는 생각이 들었다.

"진심을 다해 사과하고 반성하겠습니다."

"아쉽게도 윤섭이는 그 모습을 보지 못하겠구나. 잘해봐라."

여전히 냉담하게 대꾸한 오윤성 편집장이 때마침 복도에 나온 와이맨을 발견했다.

"그나마 같은 패거리인 쟤보다 낫구나. 저놈은 완전 배째 라인데 말이야."

할 말을 마친 오윤성 편집장이 돌아서고 동현은 와이맨을 바라봤다. 심상치 않은 상황임을 눈치챘는지 와이맨은 주춤 거리며 뒷걸음질 쳤다. 동현은 그런 와이맨을 쫓았다.

이제 해가 떨어져 가고 있었고, 돌이킬 수 없는 죽음이 찾 아올 예정이다. 다른 건 몰라도 죽을 당시의 끔찍한 고통은 두 번 다시 겪고 싶지 않았다. 동현은 아이들을 헤치고 달려 가 복도 끝에서 와이맨을 따라잡았다. 어깨를 잡힌 와이맨이 거칠게 뿌리쳤다.

"이거 놔!"

"나랑 얘기 좀 해."

"미쳤어. 너랑 왜 얘기하는데?"

와이맨의 대꾸가 너무 커서 복도의 아이들이 모두 멈춰서 지켜봤다. 동현은 바짝 긴장했지만 물러서지 않았다.

"강윤섭이 누군데?"

그 말을 들은 와이맨이 갑자기 동현의 멱살을 잡았다.

"너 진짜 미쳤구나. 그 이름을 왜 얘기하는데?"

멱살을 잡힌 채 뒤로 밀려나던 동현은 자기도 모르게 와이맨의 팔을 잡고 비틀어 버렸다. 팔이 비틀린 와이맨이 비명을 지르며 주저앉았다. 멱살이 풀린 동현이 와이맨을 내려다보는데 뒤에서 미친개의 호통소리가 들렸다.

"뭐하는 거야! 한동현!"

다가온 미친개가 돌아선 동현의 뺨을 후려쳤다. 고개가 확 돌아간 동현의 귀에 미친개의 목소리가 가시처럼 박혔다.

"학교에서 폭력 행위는 금지라는 말을 잊었나? 무슨 짓이야!"

동현은 딱히 변명하지 않고 듣고만 있었다. 그런 동현에게 미친개가 말했다.

"너는 오늘 하루 동안 독방 감금이야. 알았어?"

그러고는 지나가는 조교에게 독방에 감금하라고 소리쳤다. 조교가 팔을 잡고 끌자 지켜보던 아이들이 좌우로 물러났다. 그중에는 방금 멱살을 잡힌 와이맨도 있었다.

독방은 아까 지나가다가 본 화장실 옆 창고였다. 조교는 잠시 기다리라고 하고는 바로 옆 교실에 가서 작은 물병을 하나 가져왔다.

"이거 마시고 소변은 여기에 봐. 내일 아침에 풀어줄게."

물병을 받은 동현은 안으로 들어갔다. 조교가 불을 켜주고는 문을 닫았다. 창고 용도라서 그런지 아니면 누군가를 가두려고 만든 것인지 안쪽에서는 문을 열 수가 없었다.

철제 행거를 등지고 앉은 동현은 달처럼 밝은 천장 조명등을 바라봤다. 예상치 못했지만 오히려 나쁘지 않았다.

'여기 있으면 밤중에 나갈 일도 없고, 그들이 올 수도 없잖아.'

비록 뒤통수를 다치긴 했지만 단서도 많이 찾았다. 기억이 사라진 이유가 스트레스와 약물일 수 있다는 얘기를 들었고, 강윤섭이라는 이름도 알게 되었다.

"그리고 연결고리는 와이맨이고."

오늘 밤 죽지 않고 무사히 넘어갈 수 있다는 희망에 부푼 동현은 물병 뚜껑을 열고 한 모금 마셨다. 저녁을 먹지 못하고, 뒤통수의 상처도 제대로 치료받지 못하겠지만 상관없었다.

쪼그리고 앉은 채 시간을 보내던 동현은 깜빡 잠이 들었다. 고개를 무릎 위에 올린 채 잠이 든 동현은 시끄러운 소리에 눈을 떴다.

"무슨 소리지?"

주변을 두리번거리는데 비상벨 소리가 들렸다. 매번 죽고 나서 깨어날 때 들리는 자명종 소리와는 비교되지 않을 정도로 크고 거셌다. 잠시 후, 위쪽에 설치된 스피커에서 미친개의 목소리가 들렸다.

"학교에 화재 발생! 모든 인원은 즉시 본관 밖으로 대피하라! 반복한다. 모든 인원은 즉시 대피하라!"

시끄러운 벨소리와 미친개의 안내 방송이 번갈아 이어지는 동안 뭔가 타는 냄새가 났다. 처음에는 아무 생각이 없었지만 이러다가 큰일 나는 게 아닌가 싶었다. 그때, 덜커덕거리는 소리와 함께 문이 살짝 열렸다.

"뭐지?"

엉덩이를 털며 일어난 동현은 고개를 내밀고 복도를 살폈다. 그리고 정말로 복도에 연기가 가득 찬 걸 봤다. 눈으로 직접 보자 겁이 났다. 동현은 얼른 밖으로 나왔다. 그 순간 천장에 달린 스프링클러에서 물이 뿜어져 나왔다.

"앗! 차가워."

물줄기가 목덜미에 떨어졌다.

동현은 어깨 사이로 목을 파묻은 채 주변을 돌아봤다. 연기 사이로 우왕좌왕하는 학생들이 보였다. 소매로 입과 코를 가린 동현은 일단 밖으로 나가기로 했다.

다행스럽게도 현관은 활짝 열려 있고, 비상등도 켜져 있어서 금방 나갈 수 있었다. 아침에 처음 집합한 운동장 여기저기에 불과 연기를 피해 빠져나온 아이들이 흩어져 있었다. 조교들은 다니면서 인원 체크를 하는 중이었다.

계단에 앉아 참았던 숨을 몰아쉬던 동현의 눈에 본관 끄트 머리에서 서성거리는 와이맨이 보였다. 충격을 받았는지 갈 피를 잡지 못하는 그를 보고 있던 동현은 천천히 몸을 일으 켰다.

'아까 못 다 한 얘기를 나눌 수 있겠군.'

동현은 천천히 연기를 쏟아내는 학교 본관 건물 옆을 지나 와이맨에게 다가갔다. 발을 동동 구르던 와이맨은 다가오는 동현을 보고 깜짝 놀랐다.

"왜 나한테 와?"

"물어볼 게 있어서."

죽음의 고통을 피할 수 없더라도 돌아가는 상황이 이해되 지 않았기에 이전과는 달리 적극적이고 강하게 움직이기로 마음먹었다.

그런 느낌을 와이맨도 받았는지 주춤거리며 물러나다가 본 관 뒤쪽으로 도망쳤다. 동현은 서둘러 쫓아갔다. 도망친 와 이맨은 농구장으로 향했다.

동현은 이전의 기억 때문에 잠시 주춤거리다 다시 뛰어갔 다. 발을 빼기에는 궁금한 게 너무 많았다. 펜스를 지나 농구 장 안으로 들어간 동현은 산으로 도망치려던 와이맨을 따라 잡았다.

아까처럼 어깨를 붙잡은 동현에게 와이맨이 소리쳤다.

"붙잡지 마."

하지만 와이맨이 자기를 무서워한다는 것을 알고 있는 동현은 거칠게 나갔다.

"물어볼 게 있어. 제대로 대답하지 않으면 너도 무사하지 못할 거야."

동현이 어깨를 붙잡은 손에 힘을 주자 와이맨은 당장이라도 울 것 같은 표정을 지었다.

"우리 여기서 서로 아는 척 안 하기로 했잖아. 진짜 큰일 난다고."

겁에 질린 와이맨을 보니 오윤성 편집장이 한 얘기가 떠올랐다.

"강윤섭 때문이야?"

그 이름을 들은 와이맨의 얼굴이 파랗게 질렸다.

"미쳤어? 진짜!"

이쯤에서 어느 정도 사정을 털어놔야 할 거 같아 거짓말을 했다.

"어젯밤에 머리가 깨질 듯이 아프더니 기억이 사라졌어."

"뭐, 기억상실증? 너 지금 장난해?"

"아까 상담받았는데 기억상실증이 맞다고 했어."

"기억이 안 난다고?"

"맞아. 그러니까 정확하게 알려줘. 안 그러면 계속 동네방네 떠들고 다닐 거야. 강윤섭이 누군지 묻고 다닐 거라고!"

협박이 먹혔는지 와이맨이 알겠다며 진정하라는 말을 반복했다. 그리고 주변을 살펴보더니 농구장 바닥에 쪼그리고 앉았다.

"정말 기억이 사라진 거지? 날 떠보려는 거 아니고?"

"지금 그럴 상황이 아니라는 거 잘 알잖아."

동현의 말에 겨우 수긍했는지 와이맨이 한숨과 함께 입을 열었다.

"내가 말했지. 넌 약으로 망할 거라고."

"이미 망했으니까 얘기해 봐."

와이맨은 고개를 옆으로 돌려서 불타고 있는 학교 본관을 바라봤다. 깊은 산이라 그런지 아직도 소방차가 도착한 것 같지 않았다.

"너랑 나랑 떨을 팔았어."

"떨?"

"대마초말이야. 그러다가 나중에는 약도 팔았고."

약이 뭔지는 굳이 묻지 않았다. 와이맨의 표정을 봐서 마약류가 분명했기 때문이다. 그 얘기를 듣자 아까 박가윤 상담사에게 기억상실의 원인이 스트레스와 약 때문일지 모른다고 들은 것이 떠올랐다. 마른침을 삼킨 동현이 물었다.

"어디서?"

"어디긴, 진짜 기억이 안 나는 모양이네. 학교잖아. 학교."

"그러니까 너랑 나랑 학교에서 떨이랑 약을 팔았다는 얘기지?"

"패거리가 더 있었지. 어쨌든 텔레그램으로 주문을 받고 가상화폐로 결제한 다음에 던지기로 보내거나 교실에서 직접 건네는 방식으로 팔았어."

"나는 거기서 정확히 무슨 일을 했는데?"

"프로그래머였어."

"내가?"

동현의 반문에 와이맨이 고개를 끄덕거렸다.

"그것도 아주 유능한, 프로그램을 개발한 게 너잖아. 약하디약한."

"약하디약한은 또 무슨 뜻이야?"

"프로그램 이름! 정확하게는 가상화폐를 결제할 수 있는 프로그램이었지. 그걸 확인하고 약을 건넸어."

잠시 눈치를 본 와이맨이 덧붙였다.

"우리가."

"대충 알겠어. 그럼 강윤섭은 누구야?"

"우리 패거리 중 한 명. 네가 끌어들였어. 중학교 동창이라고 하면서."

"걔는 지금 어디 있는데?"

동현의 질문에 와이맨의 얼굴이 파랗게 질렸다. 동현이가 다그치자 겨우 입을 열었다.

"사라졌어. 흔적도 없이."

"실종됐다고?"

오윤성 편집장이 이제 사과할 수 없을 것이라고 얘기한 이유를 어렴풋하게 알게 되었다. 하나하나 밝혀지는 사실을 곱씹는 동현에게 와이맨이 대꾸했다.

"다들 네가 처리했다고 믿고 있어."

"내가 윤섭이를 어떻게?"

"모르지, 나야. 다들 그렇게 믿는다고."

흥분하며 말하는 와이맨을 본 동현은 사라진 기억이 대단히 어두운 영역에 있다는 것을 깨달았다. 고등학생인데 대마초와 마약을 조직적으로 판매하고 그 과정에서 친구 한 명이 사라졌다.

충격을 받은 동현은 와이맨에게 물었다.

"내가 왜 그렇게 했다고 생각하는데?"

"그거야 윤섭이가 손을 떼고 싶다고, 그만하겠다고 하니까 그랬지."

"걔가 그만둔다고 했다고?"

"더 이상 양심에 찔려서 못 하겠다고 했는데, 정말 기억 안 나?"

세차게 고개를 저은 동현을 본 와이맨의 얼굴이 굳어졌다.

"정말 뭐가 어떻게 돌아가는 건지 모르겠네. 어쨌든 걔가 실종된 일로 끌려왔어. 경찰에서는 어딘가에서 자살했는데, 우리가 관계된 것으로 보고 있어."

"우리가?"

마른침을 삼킨 와이맨이 입을 열었다.

"걔를 괴롭혀서 자살로 몰고 간 걸로, 나는 거기에 아이돌 지망생 등쳐먹은 게 걸렸고."

"약을 판 건 안 걸렸고?"

동현의 물음에 와이맨이 사색이 된 채 손가락으로 조용히 하라는 표시를 했다.

"입 조심해. 걸리면 진짜 우린 끝이라고."

겁에 질린 와이맨을 보며 상황이 심각하다는 걸 깨달았다. 그러다가 문득 첫날 오윤성 편집장이 와이맨에게 했던 얘기가 기억났다.

"경찰이 너를 조사 중이잖아?"

와이맨의 표정이 굳어지는 게 느껴졌다.

"너, 기억이 사라졌다며?"

분명 첫날 오윤성 편집장이 와이맨에게 했던 얘기였다. 하지만 그런 걸 따질 때가 아니었다. 동현은 대충 얼버무렸다.

"여기 들어오기 전 기억이 사라진 거라고, 여기 와서는 멀쩡해."

틀린 얘기는 아니라서 자신 있게 얘기했다. 동현의 말을 수긍했는지 와이맨이 말을 이어갔다.

"그러니까 윤섭이가 사라지기 전에 마지막에 만난 게 나라서 계속 조사받았어. 물론 우리가 약을 판 건 절대 말하지 않았어."

비로소 와이맨이 왜 자신을 경계하고 미워했는지, 그리고 말을 나누지 않으려고 했는지 알아차린 동현은 아랫입술을 깨물었다.

자신이 얼마나 나쁜 짓을 하고 다녔는지 깨닫고 나자 머리에 폭풍이 몰아친 것 같이 혼란스러웠다. 그런 동현에게 와이맨이 필사적으로 말했다.

"그래서 네가 여기서는 서로 아는 척하지 말라고 했어. 나도 입 다물겠다고 했고 말이야. 그런데 네가 자꾸 말을 걸어서 미치는 줄 알았단 말이야."

이제 왜 이곳에 오게 되었는지는 알았다. 하지만 왜 같은 날이 반복되는지, 그리고 그게 왜 항상 죽음으로 마무리되는지는 이해하기가 어려웠다. 고민에 빠진 동현을 올려다보던 와이맨이 조심스럽게 물었다.

"너 혹시 요즘도 환각 증상에 시달려?"

"환각?"

"여기 들어오기 전에 그랬잖아. 자꾸 헛것이 보이고……."

마른침을 삼킨 와이맨이 용기를 낸 표정으로 말을 이었다.

"같은 날이 재생되는 것 같다고 말이야."

"재생된다고?"

"그러니까. 하루하루가 똑같은 것 같다고 했어. 나한테도 몇 번이나 물어봤다고."

"뭘?"

말끝이 치켜 올라간 동현의 물음에 와이맨이 서둘러 대답했다.

"오늘이 어제였냐고, 그래서 내가 무슨 소리냐고 하니까 갑자기 횡설수설하면서 누가 자기를 죽이려고 기회를 노리는 거라고, 너도 나를 죽이는 데 가담했다고 하면서 마구 때렸어. 진짜 기억 안 나?"

겁에 질린 와이맨의 말투나 표정을 보면 거짓말은 아닌 것 같았다. 아까 박가윤 상담사는 기억상실의 원인 중 하나가 마약이라고 했다. 그 말이 귓가에 맴돌았다.

"약 때문에 종종 기절하거나 코피를 흘린 적이 있었어. 그리고 약을 며칠 끊으면 이상한 게 보이고, 기억이 뒤엉킨다고 한 적도 있었고."

"내가 기억을 잃어버린 게 약 때문이라고?"

"그럴지도 몰라. 여기 들어오기 전에 며칠 동안 조사받느라 약을 못 했거든."

와이맨의 얘기를 들으니, 비로소 기억이 사라지고 매일 같은 날이 반복되는지 이해가 갔다. 하지만 한 가지 알 수 없는 게 있었다.

'내 기억이 사라지고 같은 날이 반복된다고 착각하는 게 약을 끊어서 그런 거라면, 주변 사람은 왜 어제를 기억하지 못하는 거지? 게다가 몸에 선명히 남는 이 고통은?'

동현은 고민에 빠져 있느라 와이맨이 뒤쪽 어딘가를 바라보고 있다는 걸 눈치채지 못했다. 뒤늦게 와이맨의 시선을 따라 동현은 뒤를 돌아봤다. 덩치 큰 그림자가 후드를 뒤집어쓴 채 바로 뒤에 서 있었다. 손에 쥔 칼날이 달빛에 반응해서 반짝거렸다.

"너!"

미처 피할 틈이 없이 아랫배를 찔렸다. 뱃속을 파고든 칼날이 스크루처럼 요동치면서 헤집어 놓는 것 같았다.

"으윽!"

짧은 비명과 함께 다리에 힘이 풀리고 말았다.

상대방은 무릎을 꿇은 동현의 어깨를 잡았다. 피 묻은 칼날이 머리 위로 치켜 올라갔다. 어제 눈을 관통한 칼날의 고통을 떠올린 동현은 마지막 힘을 쥐어짜 상대방을 떠밀었다.

상대방은 갑작스러운 공격에 뒤로 밀려나 뒹굴었다. 동현은 힘겹게 몸을 돌렸다. 눈앞에 다시 어둠과 안개에 싸인 산이 보였다. 그곳에 죽음이 있는 게 분명했지만 다른 곳으로 갈 수는 없었다.

동현은 아랫배를 움켜쥐고 산으로 향했다. 어둠에 휩싸인 산은 고요하게 맞이해 주었다. 안간힘을 쓰면서 올라가던 동현은 지난번처럼 안개 속에서 헤매고 있다는 사실을 알았다.

"어제와 같은 오늘이네."

다른 점은 쫓아오는 사람이 하나뿐이라는 것이었다. 손에 칼을 든 덩치 큰 그림자는 천천히 올라왔다. 어차피 멀리 도망칠 수 없다는 걸 알고 있는 것 같았다. 계속 같은 결말에 도달한다는 게 너무나 짜증 나고 아팠다.

동현은 더 이상 도망치지 않기로 했다.

'어차피 쫓기다 절벽에서 죽을 건데.'

각오를 다진 동현은 산으로 올라가 계속 도망치는 척하다가 적당한 바위 뒤에 숨었다. 그리고 바닥에 있는 돌을 하나 집었다.

죽을 때 죽더라도 매번 칼질하는 놈의 머리통이라도 부수겠다는 각오를 다진 것이다. 숨을 죽인 채 귀를 기울이던 동현은 바스락거리는 소리를 들었다. 아무것도 모르고 지나가면 돌을 던지거나 머리를 내리치겠다고 다짐했다.

아랫배가 욱신거리면서 자꾸만 기침이 나오려고 했다. 한 손으로 입을 막은 동현은 바위에 바짝 붙어서 기다렸다. 때마침 안개가 흘러가면서 모습을 감춰주었다. 숨을 죽이고 기다리고 있던 동현은 누군가 자신을 바라보는 느낌을 받았다. 고개를 옆으로 돌리자 산등성이에 누군가 우뚝 서 있는 게 보였다. 호리호리한 몸에 긴 머리였다.

"젠장!"

들켰다는 생각에 동현은 상대방을 향해 힘껏 돌을 던지고는 다른 방향으로 뛰었다. 하지만 얼마 가지도 못해 배에 찔린 상처 때문에 멈추고 말았다.

그 와중에 본관은 계속 불타는 중이었다. 그 불빛 때문인지 안개가 많이 걷혀서 주변이 잘 보였다. 아래쪽에 있던 덩치 큰 그림자가 동현을 발견하고는 방향을 틀었다. 위쪽에서는 긴 머리를 가진 그림자가 내려오는 중이었다. 이번에도 양쪽으로 몰린 동현은 다가오는 두 그림자 쪽으로 바닥의 흙을 움켜쥐고 뿌렸다.

"오지 마! 가까이 오지 말라고!"

가까이 다가온 그들의 얼굴이라도 보려고 했지만 가면을 쓰고 있었다. 고통과 분노로 휘청거리던 동현이 외쳤다.

"김도윤! 한제아! 너희들인 거 다 알아!"

이름까지 불러가면서 협박했지만 소용없었다. 양쪽에서 다가온 둘은 기계적으로 칼질을 했다. 아무런 감정이 느껴지지 않는 칼질이 동현의 온몸에 쏟아졌다.

"아악! 제발 그만!"

어제도 겪은 일이지만 반복되는 고통은 견디기 힘들 정도로 아팠다. 거기에 죽음을 피하지 못했다는 좌절감이 더해지면서 무너지고 말았다.

칼질은 동현이가 고통에 몸부림치다 바닥에 쓰러진 다음에도 계속됐다. 살이 찢기고 뱃속의 무언가가 터지면서 안에 있는 것들이 쏟아져 나오는 기괴하고 끔찍한 느낌도 받았다.

축 늘어진 그를 본 두 사람은 각각 팔과 다리를 잡고 들어올렸다. 끔찍한 고통 때문에 저절로 비명이 터져 나왔지만 둘은 개의치 않고 동현을 끌고 갔다. 그들이 도착한 곳은 낯익은 곳이었다. 바로 칼에 찔려 도망치다가 굴러떨어진 학교 뒤편 절벽이었다.

"젠장!"

가느다랗게 내뱉은 신음은 허공에 던져지면서 끊겼다.

굴러떨어진 것보다 더 큰 충격과 고통이 온몸을 더듬거렸다. 고통에 못 이겨 몸부림을 치는 동현의 눈에 활활 불타오르는 학교 본관이 보였다. 그의 몸속에서도 불길 같은 고통이 타오르는 중이었다. 절망에 빠진 동현은 나지막한 목소리로 중얼거렸다.

"잘 타네. 씨발."

사
라
지
는
별

이제 남은 건 세 개였다. 죽음에서 깨어나 다시 눈을 뜬 동현은 바로 오른쪽 팔뚝을 살펴봤다. 별 모양 문신이 희미한 흔적만 남기고 사라진 상태였다. 그 다음 자연스럽게 몸을 더듬거렸다. 뒤통수를 비롯해 어제 다친 상처는 말끔하게 나았지만 통증은 여전히 남아 있었다.

하지만 그대로 누워 있을 수는 없기 때문에 몸을 일으켰다. 침대에서 일어나 바닥에 발을 대는 순간, 때르릉거리는 소리가 들렸다. 동현은 억지로 몸을 일으키며 화장하는 와이맨에게 먼저 말했다.

"고만 좀 처바르고 움직여."

와이맨이 놀란 눈으로 쳐다보다가 서둘러 대답했다.

"미안해."

밖으로 나가려고 복도를 걷는데 머리가 띵하면서 다리가

후들거렸다. 억지로 버틴 동현은 벽을 손으로 잡고 잠깐 정신을 차린 다음에 밖으로 나갔다.

밖에는 이미 아이들이 많이 나와 있었다. 뒤따라 나온 와이맨의 옆에 선 동현은 미친개의 잔소리를 들었다. 그리고 자리를 옮기려는 와이맨에게 쏘아붙였다.

"움직이면 가만 안 둔다. 내 옆에 바짝 붙어 있어."

"아는 척하지 말라고 한 건 너잖아. 왜 그래?"

와이맨이 고개를 숙인 채 속삭이듯 대꾸하자 동현은 앞을 바라보면서 말했다.

"물어볼 게 있어서 그러니까 자리 뜨지 말라고."

사실은 몸을 제대로 가누지 못할 정도로 상태가 안 좋았지만 어제 들은 얘기가 맞다면 와이맨은 동현을 몹시 무서워한다. 여기에 오기 전의 기억은 없어도 하루가 반복되면서 쌓인 기억은 그대로 남아 있기 때문에 최대한 써먹어 보기로 했다. 더 이상 죽는 것도 무서웠고, 하루가 반복되는 이유도 미친 듯이 궁금했기 때문이다.

명확하지는 않지만 자신의 과거가 반복되는 죽음과 연관이 있을지 모른다는 생각이 들었다.

동현의 협박은 효과가 있었다. 와이맨은 울상이 된 채 알겠다고 대답했다. 미친개는 오늘도 아이들을 이리저리 못살게 굴었다. 교문까지 찍고 선착순을 시키는데 동현은 어제보다 체력이 약해진 상태라 제대로 달리지 못했다. 와이맨은 그런 동현이와 함께 뛰느라 천천히 움직였다. 웬일인지 미친개는 한 시간 정도 정신없이 굴리고 나서 휴식시간을 줬다. 아이들은 움직이는 것도 힘들어서 그 자리에 주저앉거나 벌렁 누워버렸다.

운동장에 그대로 쪼그리고 앉은 동현은 숨을 몰아쉬며 말했다.

"윤섭이 어디 갔어?"

"유, 윤섭이를 왜 여기서 찾아?"

화들짝 놀란 와이맨의 반응에 동현은 어제 들은 얘기를 토대로 질문을 이어갔다.

"걔가 실종된 거 때문에 우리가 여기로 끌려왔으니까."

질문을 던진 동현은 와이맨의 얼굴에 서린 공포감을 읽고 한발 더 나아갔다.

"우리 패거리 중에 걔가 사라진 것과 연관이 있는 애들이 있을 거 같은데?"

"너 말고 누가 있는데?"

"걔가 사라지기 전에 마지막으로 만난 게 너잖아."

와이맨은 파랗게 질린 얼굴로 물었다.

"어, 어떤 새끼가 그러는데?"

"짭새라는 새끼가 그랬어. 그걸로 여기 오기 전에 조사도 받았잖아. 그러니까 나한테 다 덮어씌울 생각하지 말고 잘 생각해 봐."

"그, 그렇게 따지면 다 의심할 구석이 있지."

"누가?"

미친개가 호루라기를 입에 대는 게 보였다. 이제 일어나야 할 때가 된 것 같아 다급하게 덧붙였다.

"우리 말고 누구?"

와이맨이 주변을 살펴보다가 시선을 고정하면서 말했다.

"누구긴, 도윤이랑 제아지."

와이맨의 시선 끝자락에는 바닥에 주저앉아 얘기를 주고받는 김도윤과 한제아가 있었다.

미친개가 휴식 끝이라고 외치며 호루라기를 길게 불었다. 동현은 더 물어보지 못하고 일어났고, 와이맨은 그 틈을 타서 다른 곳으로 가버렸다. 가지 말라고 소리 지르려고 했지만 머리도 아프고 미친개의 눈치도 보여 어쩔 수 없이 혼자 일어나야만 했다.

미친개가 운동장 주변을 돌라고 지시했다. 동현은 아이들 사이에서 뛰기 시작했다. 하지만 체력이 급격히 바닥났다. 몇 걸음 옮기지도 않았는데 벌써 숨이 차올랐다. 하지만 와이맨에게 더 물을 게 남아 있었다. 이를 악물고 앞서서 뛰어간 와이맨을 따라잡은 동현이 씩씩거리며 물었다.

"도윤이랑 제아가 우리랑 같이 약을 팔았다고?"

"우리라니?"

땀으로 범벅이 된 와이맨이 어처구니없다는 표정을 지으며 덧붙였다.

"너잖아."

"나라고?"

"떨이랑 약을 판 건 우리가 아니라 너라고, 너."

"내가 주동자라는 거야?"

동현의 물음에 와이맨은 분노를 감추려고 그런 것인지 얼굴을 찡그렸다.

"자꾸 발 빼려고 수 쓰지 마. 다 네가 끌어들인 거잖아."

"내가 끌어들였다고?"

이곳에 오기 전의 기억이 하나도 없기 때문에 정말로 궁금해서 묻는 것이었지만 와이맨은 화를 냈다.

"자꾸 발뺌하지 말라니까, 우리를 협박해서 끌어들인 게 너잖아. 심지어……."

분노를 꿀꺽 삼킨 와이맨이 주변을 돌아보고는 덧붙였다.

"부모님까지 협박했으면서 진짜 이러기야?"

"뭐라고?"

놀란 동현을 본 와이맨이 기가 차다는 표정을 지었다.

"너 진짜 나쁜 새끼네. 내가 안 하겠다고 하니까 우리 엄마한테 전화했잖아. 그래서…….”

와이맨은 결국 말을 잇지 못하고 울먹거렸다. 다행스럽게
도 주변에서는 그냥 힘들어서 우는 걸로 여기는 눈치였다. 몇
가지 사실을 더 알아냈지만 여전히 의문을 풀기에는 부족했
다. 동현은 어제 들은 얘기를 떠올리며 질문을 이어갔다.

“윤섭이랑 마지막에 만나서 무슨 얘기 했어?”

“네가 설득하라고 해서 나름 노력했다고! 시키는 대로 했
고, 걔가 무슨 일이 있어도 다시는 약을 안 판다고 하는 말을
들은 게 전부야. 걔가 없어지기를 나보다는 제아나 도윤이가
더 원했을걸?”

“왜?”

“도윤이는 걔가 약을 파는 바람에 너한테 상납하기로 한
걸 다 못 채웠고, 제아는 절친한 친구가 걔가 판 약 때문에
문제가 생겨서 병원 신세를 졌거든, 그거 때문에 울고불고했
던 거 기억 안 나?”

길게 대답할 기운이 없어서 알고 있다고 짧게 얘기했는데
머리가 어지러웠다. 몸이 앞으로 훅 기울어졌다가 겨우 균형
을 찾았지만 더 이상 버티지 못하고 앞으로 꼬꾸라지고 말았
다. 이전의 경험으로 죽을 것이라는 느낌이 들었다. 앞머리
에 큰 충격을 받은 동현은 의식을 잃기 전에 중얼거렸다.

“씨발, 이렇게 죽나?”

너무 빨리 찾아온 죽음은 동현의 의식을 황급히 데리고 사라졌다.

　다시 의식을 찾은 동현은 한숨부터 쉬었다.

　"죽는 게 더 빨라졌어."

　분명 이유가 있을 것이고, 그 이유를 찾아내면 죽음과 함께 반복되는 일상이 멈출 것 같았다. 와이맨의 얘기대로 마약에 의한 환각 증상일까? 그러기에는 일상이 무척 현실적이었고, 고통 역시 견디기 힘들 정도였다.

　그런데 좀 이상한 느낌이 들어 주변을 돌아봤다.

　"이상하네? 왜 이렇게 어둡지?"

　그제야 동현은 누운 곳이 매일 죽음 이후에 깨어나는 교실이 아니라는 사실을 알아차렸다.

　"여긴? 보건실이잖아."

　고개를 들고 주변을 두리번거리던 동현은 오른쪽 팔목 안쪽을 봤다. 별 모양 문신은 그대로 세 개가 남아 있었다. 그때 문이 열리는 소리가 들렸고, 동현은 반사적으로 눈을 감고 의식이 없는 척했다.

　문이 닫히는 소리와 함께 발소리가 다가왔다. 두 사람이었다. 가까이 다가오면서 발소리가 멈추고 목소리가 들렸다. 먼저 들려온 건 오윤성 편집장의 목소리였다.

"어떻게 된 겁니까?"

대답하는 목소리는 어제 깨진 뒤통수를 치료해 준 보건 선생님이었다.

"달리다가 쓰러졌다고 했어요. 맥박이랑 호흡은 정상이에요. 그냥 일시적인 쇼크로 정신을 잃은 거 같아요."

"남을 괴롭히더니 이제 자기까지 괴롭히는군요."

"어떤 짓을 저질렀는데 그렇게 미워하세요. 쓰러졌다니까 직접 보러 오신 것도 그렇고 너무 집착하시는 거 아니에요?"

보건 선생님의 물음에 오윤성 편집장은 잠시 생각하는지 아무 대답이 없었다. 그러다가 짧은 한숨과 함께 목소리가 들렸다.

"그렇게 생각하실 수도 있겠죠. 하지만 이 새끼는 제가 본 애들 중에서 역대급 악질이에요."

"무슨 사고를 쳤는데요?"

"중학교 때부터 해킹으로 남의 비밀 계정을 털어 협박했어요. 애 때문에 여학생 둘이 손잡고 아파트 옥상에서 뛰어내렸죠."

"왜요?"

"둘이 사귀는 걸 알고 협박했다가 돈을 주지 않으니까 그걸 반 아이들 단톡방에 풀어버린 거예요."

"맙소사."

자기도 모르는 과거를 들은 동현은 최대한 표정을 드러내지 않고 의식이 없는 척했다. 다행히 두 사람은 얘기를 나누는 데 열중해서인지 눈치채지 못한 것 같았다. 두 사람의 이야기가 이어졌다.

"그건 시작에 불과했어요. 고등학교에 올라가서는 조직을 만들었죠. 약하디약한."

"그게 무슨 뜻이에요?"

"대마초와 마약을 파는 조직의 이름이에요. 약하디약한."

'앱 이름이라고 했는데?'

동현은 생각했다.

"재미있네요."

"사연을 들으면 재미없다고 느끼실 겁니다. 이 녀석이 만든 조직은 학교와 학원에 마약과 대마초를 뿌렸거든요."

"고등학생이요? 어떻게 그럴 수 있는 거죠?"

"다들 믿지 않았고, 지금도 믿지 않고 있어요. 그만큼 용의주도한 놈이니까요. 해외에 주문한 마약을 국제우편으로 받은 다음 텔레그램을 통해 주문을 받았어요. 직접 뿌리기도 한 거 같은데 그건 아직 증거를 못 잡았고요. 주문을 받고 던지기를 합니다. 던지기가 뭐냐면."

잠깐 뜸을 들인 오윤성 편집장의 목소리가 이어졌다.

"작게 포장한 마약류를 약속한 장소에 숨겨놓는 겁니다.

공중화장실이나 무인 보관함 같은 곳에요. 그리고 가상화폐로 입금한 게 확인되면 위치를 알려주는 거죠."

"철두철미한데요?"

"옛날 같은 방식으로 조사해서는 꼬리를 잡을 수 없어요. 거기다 청소년들이라서 함정수사 같은 것도 하지 못하고 말이죠. 일 년 넘게 조직을 운영하면서 많은 또래 청소년을 마약에 중독시켰어요."

"정말이요? 그 정도라고는 생각도 못 했는데."

"다들 그렇게 말합니다. 그래서 여기로 온 거고요. 사실은 소년원도 부족하고 감옥에서 오랫동안 썩어야 할 놈인데 말이죠."

"증거가 없는 건가요?"

"물증이 없어요. 물증이. 조직원을 얼마나 괴롭히고 겁을 줬는지 아무도 입을 안 열었죠. 여기 온 애 중에도 이 녀석 밑에서 일한 애들이 있어요."

"진짜 살벌하네요."

실망감이 가득한 보건 선생님의 목소리를 들으면서 동현도 마음속 깊이 실망했다.

'내가 그렇게 나쁜 놈이었나?'

속으로 생각하고 있는 와중에 오윤성 편집장의 목소리가 들렸다.

"그나마 최근에 단서가 나왔어요. 이 녀석 밑에서 일하던 애 하나가 그만두겠다고 말했다가 그대로 사라져 버렸죠."

"실종되었다고요?"

"네, 글자 그대로 증발됐어요. 가족들이 실종 신고를 했고 경찰이 조사하고 있지만 어디 갔는지 찾을 수가 없죠. 아마 이 녀석이……."

목소리가 작아지는 바람에 들리지 않았지만 어떤 말인지는 어렵지 않게 짐작할 수 있었다. 보건 선생님의 놀란 목소리가 들렸다.

"정말이요? 아무리 그래도 그렇지."

"대마초랑 마약 팔아서 버는 돈이 얼만지 아세요? 대기업 임원급이에요. 그걸 애들한테 뿌리면서 입단속을 시켰고, 그게 안 되면 협박했어요. 그렇게 지금까지 온 거죠. 그러다가 방해물이 생겼으니까 뭘 못 하겠어요? 자기 제국을 지키려고 나선 거죠. 다행스럽게도 최근에…… 쿨룩."

기침하느라 잠깐 말을 멈춘 오윤성 편집장의 목소리가 이어졌다.

"경찰이 단서를 찾은 모양이에요."

"무슨 단서요?"

"실종된 학생의 위치를 거의 찾은 거 같아요. 살아 있는 것 같지는 않지만요."

"살해되었다고 보시는 건가요?"

"물론이죠. 이 녀석은 잔혹한 놈이에요. 피도 눈물도 없는 사이코패스죠. 자기는 손톱만큼도 손해 보려고 하지 않고, 자기 뜻을 관철하는 데는 수단 방법을 가리지 않는 놈입니다. 머리도 좋은 편이고요."

"그래서 미워하셨군요."

"정확하게는 이런 애들이 교화될 거라고 믿는 사람을 미워하는 거죠. 사람은 나이를 먹으면서 완성되지만 범죄는 그러지 않아요, 어느 날 갑자기 완성된 형태로 나타나죠. 어리다는 건 껍질에 불과해요. 그 내면을 봐야죠. 내면을."

긴 한숨 소리와 함께 얘기를 마친 오윤성 편집장은 이만 가봐야겠다고 말했다. 그리고 잠시 후, 두 사람이 함께 나가는 소리가 들렸다. 문이 닫히자 다시 눈을 뜬 동현은 천장을 보면서 중얼거렸다.

"내가 걔를 죽인 걸까?"

사라진 기억 속 어딘가에 답이 있겠지만 현재로서는 알 수 없었다. 동현은 마치 생선 가시가 목에 걸린 것 같은 느낌을 받았다. 목이 칼칼한데 기침이 나오지 않는 그런 느낌이다. 그건 여전히 풀리지 않는 죽음과 반복되는 하루 때문이었다.

생각에 잠겨 있는데 문이 열리고 보건 선생님이 혼자 들어왔다. 조금 더 쉬고 싶었지만 무심코 고개를 돌리는 바람에 의식이 있다는 걸 들키고 말았다. 보건 선생님은 어색한 미소를 지었다.

"괜찮아요?"

그러고는 대답도 듣지 않고 나갔다가 미친개와 함께 들어왔다. 선글라스를 벗은 미친개의 눈은 의외로 선량해 보였다. 그가 침대 머리맡에 서서 동현을 내려다봤다.

"괜찮아?"

"네, 괜찮습니다."

"날씨가 더운데 무리한 모양이구나. 오늘은 여기서 쉬고……."

미친개의 말이 끝나기도 전에 보건 선생님이 끼어들었다.

"다른 환자가 올 수 있으니까 자기 숙소에서 쉬라고 하는 건 어떨까요?"

그 말을 들은 미친개가 말을 바꿨다.

"네 방으로 가서 쉬어. 이따가 저녁 먹으러 오고."

"알겠습니다."

억지로 몸을 일으킨 동현은 보건 선생님에게 감사하다는 인사를 건넸다. 하지만 보건 선생님은 동현의 과거를 들어서 그런지 어색하고 딱딱하게 인사를 받았다. 복도로 나온 동현은 교실로 돌아갔다. 다들 수업을 듣는지 아무도 없었다. 빈 침대에 누운 동현은 숨을 몰아쉬었다.

"몸이 많이 안 좋아졌어."

그것도 아주 많이 안 좋아진 것을 느낀 동현은 어지러움까지 찾아오자 눈을 감았다. 그리고 깊은 잠에 빠졌다.

이윽고 아주 이상한 꿈을 꾸었다. 지옥에 떨어진 꿈이었다. 엄청나게 높은 곳에서 떨어지고. 온몸이 산산조각 나야 했지만 아프기만 할 뿐 멀쩡했다. 그리고 동현을 시작으로 사람들이 비처럼 떨어졌다. 그들도 동현처럼 고통스러워했지만 몸은 멀쩡했다. 신음을 내면서 주변을 돌아보는 그들 중에는 동현이 TV에서 봤던 정치인이나 범죄자들이 있었다. 주변은 아무것도 보이지 않는 어둠이었다. 다들 여기가 어딘지 혼란스러워하며 살려달라고 외쳤다.

어린 여자를 괴롭히고 돈을 횡령하는 것도 모자라 자신을 반대하는 언론인에게 청부 폭력을 사주한 종교인도 보였다. 그가 열심히 기도하는 걸 본 동현은 어이가 없었다.

그때, 하늘에서 갑자기 커다란 큐브들이 떨어졌다. 빠른 속도로 떨어진 큐브에 깔린 사람은 납작하게 찌그러지거나 팔다리가 부러졌다. 다들 겁을 내며 사방으로 흩어졌다.

다단계 사기로 많은 돈을 번 남자가 돈은 얼마든지 줄 테니까 제발 살려달라고 외치다가 큐브에 깔려 머리가 터져버렸다. 동현은 사방으로 흩어지는 사람 사이에서 정신없이 달리고 또 달렸다. 그러다가 바로 앞에서 뛰어가던 아주머니가 떨어지는 큐브에 깔려 글자 그대로 납작해지는 광경을 보았다. 마치 사람을 프레스로 누른 것 같은 흉측한 모습에 동현은 걸음을 멈추고 헛구역질했다. 그러다가 뒤에서 달려오는 누군가에 떠밀려서 앞으로 넘어졌다.

그리고 갑자기 바닥이 사라졌다.

"으악!"

달리거나 혹은 멈춰 있던 사람 모두 아래로 떨어졌다. 바닥에는 길고 뾰족한 죽창 같은 게 있어서 그대로 꿰뚫리고 말았다. 사방에서 사람들의 고통스러운 비명이 들렸다. 아랫배가 뚫린 동현은 비명도 못 지른 채 발버둥 쳤다. 그럴수록 죽창이 아랫배를 더욱더 깊게 파고들었다. 온몸이 뒤틀리는 것 같은 고통에 몸부림치던 동현은 누군가 외치는 소리를 들었다.

"불이야! 불이 다가온다."

소리가 난 쪽으로 고개를 돌리자 거대한 불길이 다가오는 게 보였다. 마치 살아 있는 듯 꿈틀거리는 불길은 차례대로 죽창에 찔린 사람들을 집어삼켰다. 옆에서 가슴과 다리를 찔린 채 발버둥을 치던 아저씨가 소리쳤다.

"내가 산에 불을 질렀다고 불태워 죽이는 거야? 제발 용서해 줘! 잘못했어!"

하지만 불은 삽시간에 그를 집어삼켰고, 옆에 있던 동현도 불태워 버렸다. 온몸이 불타는 끔찍한 고통 속에서 동현은 잿더미로 변했다.

몸은 없어졌지만 의식은 그대로 남아 고통은 고스란히 느껴졌다. 불길이 휩쓸고 간 다음에는 거대한 소용돌이 폭풍이 불어왔다. 재로 변한 동현은 소용돌이에 휩쓸려 하늘 높이 올라갔다. 그리고 어느 순간 몸이 돌아왔다.

"어?"

놀란 동현이 다시 멀쩡해진 몸을 살펴봤다. 동현처럼 불타 버린 사람들도 모두 몸이 돌아왔다. 모든 것을 쓸어버릴 것처럼 빙빙 돌던 폭풍이 서서히 약해지면서 동현과 다른 사람들은 다시 바닥으로 떨어졌다. 높은 곳에서 떨어진 동현은 아픔에 못 이겨 몸부림을 쳤다. 그리고 주변을 돌아보다가 절망에 빠졌다.

"아까랑 같은 곳이잖아."

그 순간 동현은 잠에서 깨어났다. 주변을 돌아보자 창밖의 어둠이 사라지는 게 보였다. 또 죽음의 시간이 다가온다는 생각에 동현은 저도 모르게 벌떡 일어났다.

"어떡하지?"

농구장에 가지 않아도 죽을 수밖에 없다는 사실이 너무나 끔찍했고 그 시간이 다가오자 엄청나게 초조해졌다. 하지만 약해진 몸은 마음대로 움직이지 않았다. 통증도 어제까지는 오후가 되면 가라앉았다. 하지만 저녁이 다 된 지금도 온몸이 욱신거렸다.

거기다 침대 아래 쪽지가 떨어져 있는 게 보였다. 혹시나 하고 펼쳐봤으나 역시 11시에 농구장으로 나오라는 것이었다. 쪽지를 구긴 동현이 중얼거렸다.

"안 나가면⋯⋯."

지난번처럼 본관에 불이 날 게 분명했다. 불에 타 죽을 수는 없는 상황이라 어쨌든 나와야 한다. 그러면 살인이 찾아온다. 고민하던 동현은 일단 나가기로 했다.

'밖의 어딘가에 숨어야겠어.'

죽음을 피할 수 없다는 생각도 들기는 했지만 도망치고도 싶었다. 비틀거리며 복도로 나오니 생각보다 어둠이 깊었다. 시간은 어느덧 9시에 가까워졌다.

아이들은 여기저기 흩어져서 얘기를 나누거나 그냥 멍하니 앉아 있었다. 아무도 동현에게 말을 건네거나 아는 척하지는 않았다.

겨우 발걸음을 옮긴 동현은 일단 식당으로 갔다. 어딘가에 숨어 있는 게 가장 좋은 선택이라는 생각에 무작정 움직인 것이다. 식당 입구는 잠겨 있었지만 뒤로 돌아가자 주방으로 들어가는 문은 열려 있었다.

안으로 들어가서 문을 잠그고 동현은 몸을 낮췄다. 안쪽을 이리저리 살피던 동현은 음식 재료를 보관하는 스테인레스 수납장 같은 걸 찾았다. 안으로 기어들어 간 다음 옆에 있던 큰 통을 끌어서 앞을 가로막았다.

며칠 동안 살펴보았는데 잠자기 전에 따로 인원 체크 같은 건 하지 않았다. 수납장 안은 딱딱하고 불편했다. 그래도 숨어 있기에는 더없이 적합했다. 일단 무사히 죽지 않고 시간을 보내는 게 중요했다. 동현은 그곳에서 불편함을 견디기로 했다.

밤이 깊어지자 "불이야"라는 외침과 함께 요란한 벨소리가 들려왔다. 하지만 식당은 학교 본관과 좀 떨어진 곳이라 불길이 옮겨오지는 않으리라. 그렇게 안심하고 시간을 보내려 하는데 갑자기 식당 유리창이 깨지는 소리가 들렸다. 저도 모르게 움찔한 동현의 귀에 유리 조각을 밟는 소리가 들렸다.

'누군가 유리창을 깨고 안으로 들어왔다!'

식당과 주방은 연결돼 있었고, 식당 쪽 출입문은 잠긴 상태였다. 그러니까 아까 들어온 뒷문을 제외하고는 나갈 곳이 없다는 뜻이다.

'숨으려고 들어왔는데 오히려 덫에 갇혀버렸다.'

누가 들어왔는지는 모르지만 무엇인가로 주방 도구들을 툭툭 치면서 돌아다녔다. 주방에서 칼을 찾았는지도 모를 노릇

이다. 누군지 볼 수 없는 상황이라 오히려 공포감이 더 커졌다.

이러다가 들키면 또다시 죽음을 맞이하는 수밖에는 없었다. 그런데 죽음이 반복될수록 몸이 계속 약해지는 게 느껴졌다. 이번에 죽으면 진짜 못 일어날 수도 있다. 저도 모르게 몸이 떨렸다.

쇠 같은 것으로 벽과 주방 도구를 긁는 소리는 계속 들려왔다. 멀어지기도 하고 가까워지고 하는 소리에 미쳐버릴 것 같던 동현은 결국 견디지 못하고 숨어 있던 곳에서 뛰쳐나왔다. 그리고 아까 들어왔던 뒷문으로 달렸다. 중간에 발이 꼬이면서 넘어질 뻔했지만 겨우 균형을 잡았다. 문고리를 잡고 돌리는 순간, 뒤에서 날아온 칼이 철문에 맞고 튕겨 나갔다.

"으억!"

놀란 동현은 뒤를 돌아봤는데 검정색 후드를 뒤집어쓰고 여우 가면을 쓴 누군가가 서 있었다. 김도윤이나 한제아와는 체형이 달랐다. 절벽에서 떨어져 죽어가던 동현을 내려다보던 세 명 중 한 명이다. 우두커니 서 있는 여우 가면을 본 동현은 황급히 문을 열고 밖으로 도망쳤다.

문을 잠글 수 없기 때문에 어디론가 도망쳐야 했다. 학교 본관은 불길에 휩싸여 있었고, 빠져나온 아이들은 운동장에서 삼삼오오 모였다. 그쪽으로 가서 숨고 싶었지만 김도윤과 한제아가 있다면 오히려 공격받을 수 있다.

"어디로 도망치지?"

'결국은 농구장밖에 없나?' 하고 생각하는데 멀리 교문 옆에 골프 연습장이 보였다. 그리고 옆에는 창고로 보이는 작은 건물이 있었다. 거기에 숨기로 한 동현은 천천히 움직였다. 어제 죽으면서 생긴 통증이 아직 사라지지 않아 이전처럼 달리거나 빨리 걷는 건 불가능했다. 다행히 운동장에 있는 아이들과 조교들은 미친 듯이 타오르는 불길을 바라보느라 동현을 제대로 보지 않았다.

동현은 힐끔 뒤쪽을 봤다. 검정색 후드에 가면을 쓴 사람은 찾지 못했다.

겨우 운동장을 가로질러 골프 연습장에 도착한 동현은 창고 쪽으로 걸어갔다. 조립식 건물이었는데 문이 잠겨 있었다. 골프 연습장으로 들어가는 문도 잠겨 있어서 안으로 들어갈 수 없었다. 어디든 들어가서 문을 잠그고 버틸 생각이었던 동현은 적잖게 당황했다. 그때 뒤에서 익숙한 목소리가 들렸다.

"거긴 잠겼어. 내가 아까 열어봤어."

고개를 돌리자 긴 머리의 한제아가 서 있었다. 놀란 동현이 비명을 지르자 한제아가 입을 열었다.

"너도 겁을 먹는구나. 신기하네."

어쩐지 그 말이 단서일 것 같다는 생각에 동현은 대략 아는 척을 했다.

"겁을 먹을 수밖에 없지. 안 그래?"

한제아는 뜻밖의 대답을 했다.

"맞아. 겁을 먹을 수밖에 없는 상황이지. 지금은."

그리고 조심스럽게 덧붙였다.

"카르마를 빨리 찾지 못하면 우리가 위험해져."

처음 듣는 이름이 나오자 동현은 살짝 긴장했다.

'닉네임인가?'

동현은 착 가라앉은 목소리로 물었다.

"그가 여기에 있는 게 확실해?"

그러자 한제아가 얼굴을 찌푸렸다.

"무슨 소리야? 그 얘기를 한 건 너였잖아."

동현은 재빨리 말을 바꿨다.

"그렇긴 한데 조사를 좀 해봐야지."

"그래서 만나기로 했잖아. 농구장에서."

"열한 시에?"

고개를 끄덕거린 한제아가 불타고 있는 학교 본관을 바라봤다.

"이제는 못 만나겠네. 저 불도 카르마가 질렀을 수 있어."

한제아의 말에 동현이가 맞장구를 쳤다.

"그러고도 남을 놈이지."

"맞아. 우리를 이렇게 만들었잖아. 자기는 항상 모습을 감춘 채 움직이고."

"그래서 우리가 모여서 찾기로 한 거였지?"

한제아의 말을 들은 동현은 상황을 추측해 봤다. 와이맨은 동현이 우두머리라고 했지만 한제아에 의하면 카르마라는 정체불명의 인물이 진짜 배후고 나머지는 모두 그의 협박 때문에 대마초와 마약을 파는 것 같았다.

생각에 잠겨 있던 동현의 귀에 한제아의 목소리가 들렸다.

"네가 카르마가 누구인지 알 거 같다고 모이라고 했잖아."

"그런데 왜 쪽지를 준 건데? 아까 쓰러지면서 머릿속이 좀 희미해."

다행스럽게도 둘러댄 말을 믿은 한제아가 설명해줬다.

"네가 어제 나한테 도윤이랑 와이맨에게도 말해서 약속 장소를 정한 다음 알려달라고 했잖아. 누가 카르마인지 모르니까 몰래 전달하려고 쪽지를 준 거야."

"카르마의 정체는 왜 아무도 모르는 건데?"

"항상 텔레그램으로만 지시를 내렸으니까, 그리고 그 지시를 받은 게 너였고, 그래서 네가 카르마가 여기에 온 것 같다는 말을 했을 때 다들 얼마나 놀랐는데."

"그래서 몰래 만나자고 한 거였지. 이제 기억난다."

"아까 넘어진 거 보긴 했는데, 기억을 잃어버릴 정도일 줄은 몰랐어."

"카르마를 빨리 찾아봐야겠네."

"찾으면?"

짤막한 한제아의 물음에 동현은 할 말을 잃었다. 우물쭈물
하는 동현에게 한제아가 말했다.

"엄청 잔인하고 사악하다며? 머리는 끝내주게 좋고, 그래
서 지금까지 한 번도 꼬리가 밟히지 않고 우리를 시켜서 약을
판 거잖아. 네가 모르면 아무도 모르는 거야. 지금까지 너만
믿고 있었는데."

낙담한 한제아는 동현을 쏘아보며 덧붙였다.

"네가 방법이 있다고 했잖아."

"무슨 방법?"

"카르마를 찾아내서 막을 방법. 윤섭이가 사라진 문제 때
문에 다들 걱정하고 있을 때 네가 그랬잖아."

"맞아, 그래서 열한 시에 만나자고 했지."

동현은 방법을 생각하며 둘러댔다.

"맞아. 그런데 우린 망했어."

"왜?"

동현의 물음에 한제아는 주머니를 뒤지더니 쪽지를 하나
더 꺼냈다.

"네가 자는 침대에 쪽지를 놓고 돌아왔더니 내 자리에 이

게 있더라고."

한제아가 떨리는 손으로 건넨 쪽지를 펼쳐본 동현은 깜짝 놀랐다.

나를 먼저 만나야지. 10시 30분. 농구장에서 보자. 카르마.

쪽지를 손에 쥔 동현이 한제아를 바라봤다.

"누가 준 거야?"

"모르지. 마침 숙소에도 아무도 없었어. 이 층이긴 하지만 복도 끝이라 계단에서 올라오면 금방이야. 어쨌든 난 이 일에서 빠질래."

"어떤 일?"

"카르마를 찾는 거. 찾아서 할 수 있는 것도 없고, 찾아봤자 걔가 카르마라는 증거가 없잖아. 그건 너만 아는데 지금 상태를 보니까 어려울 거 같네."

동현은 한제아가 쏘아붙이는 얘기를 들으며 생각을 정리해봤다.

'와이맨이랑 도윤이, 그리고 한제아와 함께 마약이랑 대마초를 파는 조직을 운영하고 있는데 윤섭이란 아이가 발을 빼려다가 실종되고, 우리는 모두 카르마라는 정체불명의 인물에게 지시받는 중이었어.'

의문이 빠르게 풀려가는 가운데 한제아가 놀랄 만한 얘기를 했다.

"그 얘기도 기억 안 나?"

"어떤 얘기?"

"카르마가 이상한 약을 써서 너를 조종한다고 한 얘기."

"이상한 약이라고?"

"약이 있을 때는 괜찮은데 약이 없으면 이상한 환각 증상 때문에 못 버틴다고 말이야. 그래서라도 꼭 카르마를 찾아내야 한다고 했어."

한제아의 얘기를 듣는 순간 동현은 매일 반복되는 하루와 죽음에 대한 답을 찾은 느낌을 받았다. 카르마가 이상한 약물을 써서 자신을 중독시킨 것이다. 그리고 그걸 벗어나려고 카르마를 찾으려고 한 것이었다.

동현은 더더욱 마음이 급해졌다. 몸이 자꾸 약해지는 건 약이 떨어져서 생기는 증상이라는 생각이 들었기 때문이다. 쪽지를 구긴 동현은 한제아에게 말했다.

"내가 해결할게."

"어떻게?"

동현은 쪽지를 구겨 쥔 손을 내려다봤다.

"열 시 반에 농구장에 가면 알겠지."

학교가 산속 깊은 곳에 있어서 그런지 소방차는 여전히 나타나지 않았다. 아이들은 운동장에 앉아 불타는 학교 본관을 구경하는 중이었다. 동현은 학교 본관을 빙 돌아 농구장으로 향했다.

무기가 될 만한 걸 찾았지만 보이지 않았다. 결국 돌멩이 몇 개를 트레이닝복 주머니에 넣었다. 그리고 화단쪽에서 나무의 버팀목으로 쓰는 막대기를 하나 찾았다. 손으로 들고 휘둘러보니 제법 쓸 만했다.

어차피 이판사판이라며 용기를 쥐어짠 동현은 농구장에 도착했다. 그리고 그곳에 우뚝 서 있는 그림자를 발견했다. 이전에 동현을 죽인 사람들처럼 검정색 후드를 뒤집어쓰고 얼굴에는 가면을 쓰고 있었다. 동현은 다가가면서 외쳤다.

"네가 카르마야?"

상대방은 아무 대답 없이 성큼성큼 다가왔다. 한 손에 야구 배트를 들고 있었다. 동현도 들고 있던 막대기를 움켜쥐었다. 하지만 상대방이 휘두른 야구 배트에 맞고 단번에 부러지고 말았다. 그리고 미처 움직이기도 전에 상대방이 내리친 야구 배트에 오른쪽 어깨를 맞고 말았다. 쇄골이 부러지는 소리와 함께 엄청난 통증이 느껴졌다.

"아악!"

부러진 나무 막대기를 떨어뜨리고 풀썩 주저앉은 동현은

고개를 들고 상대방을 올려다봤다. 이길 수 없다는 두려움이 마음속에서 생겨났다. 하지만 어떡해서라도 상대방의 정체를 알아내고 싶었다.

동현은 왼손을 들어 얼굴의 가면을 벗겨보려 했다. 하지만 상대방은 미리 예측한 듯이 한 발 뒤로 물러난 다음 야구 배트를 휘둘러 동현이 뻗은 왼손을 후려쳤다. 왼 팔뚝에서 뚝 소리가 나면서 팔이 이상한 방향으로 꺾였다. 톱으로 팔을 써는 것 같은 극심한 고통이 느껴졌지만 이번에는 비명조차 나오지 않았다.

상대방은 마치 작품을 감상하듯 동현을 내려다봤다. 그리고 고개를 살짝 옆으로 기울였다. 그리고 야구 배트를 옆으로 치켜들고 잠깐 숨을 고른 다음 있는 힘껏 동현의 옆머리를 후려쳤다. 단단한 게 부서지는 소리와 함께 머리가 폭발하는 느낌을 받았다. 피가 역류하듯 눈과 코, 그리고 입에서 쏟아져 나오면서 앞이 흐려졌다.

고개를 옆으로 기울인 채 지켜보던 상대방은 다시 배트를 움켜쥐고 머리를 한 번 더 후려쳤다. 이제 동현은 옆으로 쓰러졌다. 시선이 옆으로 기울어지면서 상대방의 신발이 보였다. 어디선가 본 것 같은 느낌이 드는 순간, 다시 야구 배트가 머리를 내리쳤고, 이번에는 뭔가 폭발했다. 그리고 의식이 어둠과 함께 사라져 버렸다.

가면의 카르마

요란한 벨소리와 함께 눈을 뜬 동현은 오른쪽 팔뚝 안쪽부터 확인했다. 그리고 나지막하게 한숨을 쉬었다.

"젠장! 두 개 남았네."

별 모양 문신이 하나 더 사라지면서 이제 남은 건 두 개뿐이었다. 그리고 어제보다 컨디션이 더 안 좋았다. 억지로 몸을 일으킨 동현은 잔소리하려는 와이맨을 힐끔 보고는 몸을 일으켰다. 그런데 와이맨이 놀란 표정으로 말했다.

"야! 너, 코피!"

그 말을 들으며 코를 훌쩍거린 동현은 뜨거운 피가 흘러나오는 걸 느꼈다. 그리고 어지러워서 도로 침대에 걸터앉았다. 와이맨이 짜증과 걱정이 섞인 표정으로 다가왔다.

"괜찮아?"

"어, 괜찮은 거 같아."

일어나 보려고 애를 썼지만 쉽지 않았다. 결국 와이맨이 그대로 있으라고 하고는 복도로 뛰쳐나갔다. "교관님"이라고 외치는 소리가 복도를 따라 메아리쳤다.

동현은 손으로 입과 코를 가린 채 생각에 잠겼다. 확실한 건 아니지만 지금까지 나눈 얘기를 토대로 정리하자면 카르마가 중독시킨 어떤 약물의 환각 증상 아니면 금단 증상에 시달리는 게 현재의 상태였다. 카르마는 아무도 정체를 알 수 없지만 그나마 해커였던 동현과 가까운 사이였다. 동현은 도윤이와 와이맨, 그리고 한제아와 함께 카르마 밑에서 마약과 대마초를 파는 일을 했다. 그리고 강윤섭이 실종된 일 때문에 이곳에 끌려왔고, 카르마도 정체를 숨긴 채 여기 들어와 있다.

'내가 아이들에게 열한 시에 모이자고 한 건 카르마에 관한 일 때문이었어. 그런데 카르마가 그걸 먼저 눈치채고 열 시 반에 다른 아이들에게 먼저 보자는 쪽지를 건넸어.'

거기까지가 그동안 죽으면서 얻은 결론이었다. 하루가 반복되고 죽는 것으로 끝나는 게 카르마가 준 약물 때문인 게 확실하다면 그의 정체를 밝힌 다음에 해독약을 받거나 정확한 상황을 파악해야 한다.

어떻게 카르마를 찾아낼지 고민하는데 와이맨이 미친개와 함께 나타났다. 침대에 앉아 코피를 흘리는 동현을 본 미친개가 혀를 찼다.

"어쩌다 코피가 나는 거야?"

"자, 잘 모르겠습니다."

동현의 대답에 미친개가 와이맨에게 말했다.

"보건실에 데려다주고 너는 나와."

와이맨이 알겠다고 대답하고는 동현을 부축해 줬다. 동현은 와이맨의 부축을 받아 보건실로 들어갔다.

보건 선생님은 앉아 있다가 놀라서 일어나고는 얼른 의자에 앉으라고 말했다.

와이맨이 문을 닫고 나가자 보건 선생님이 조심스럽게 말했다.

"손을 좀 떼고 고개를 뒤로 젖혀볼래?"

시키는 대로 하자 보건 선생님이 핀셋으로 솜을 뽑아 코를 막았다. 그리고 피 묻은 손을 알콜로 닦아줬다. 그 와중에 몸이 떨리면서 추위가 찾아왔다. 그런 동현을 본 보건 선생님이 말했다.

"피를 좀 많이 흘렸는데 침대에 누워 있을까?"

어차피 할 것도 없고 밤까지는 누워서 체력을 보충하는 게 좋을 것 같았다. 동현은 고개를 끄덕거렸다. 침대에 눕자 보건 선생님이 목까지 이불을 덮어주었다. 그리고 커튼을 치고 조명까지 꺼준 다음에 한숨 자라고 말했다. 조금 전까지 잠을 자긴 했지만 막상 자라는 말을 듣자 또 잠이 왔다. 이상한 꿈을 꿀까 봐 두려웠는데 다행스럽게도 아무런 꿈도 꾸지 않았다.

잠에서 깬 동현은 누군가 침대에 누운 자신을 내려다보는 걸 알았다. 혹시나 카르마일지 몰라서 깜짝 놀랐는데 다행히 도윤이었다. 원래 싸우는 관계지만 아침에 바로 이곳으로 왔기 때문에 그럴 일은 없었다. 도윤은 동현을 내려다보면서 말했다.

"소식 들었어. 괜찮아?"

동현은 가만히 고개를 끄덕거렸다. 도윤은 옆에 있는 의자를 끌어와서는 머리맡에 앉았다.

"보건 선생님은 점심 식사 하러 가셨어."

동현은 지금이 벌써 점심이라는 사실에 깜짝 놀랐다.

"시간이 너무 빨리 가네."

"미친개가 좀 전까지 우릴 굴렸어."

"힘들었겠네."

"감옥에 가는 것보다는 낫지."

"카르마에 대해 알아보고 있어."

동현의 대답을 들은 도윤이가 놀란 표정을 감추지 못했다.

"진짜로 여기 있는 게 맞는 거야?"

"그런 거 같아. 아직 누군지는 모르지만 말이야."

"진짜, 미치겠네. 우리가 발 빼려고 하는 걸 어떻게 알았을까?"

거칠고 사나웠던 도윤이가 겁에 질린 걸 보면서 카르마가 대체 얼마나 무서운 존재인지 짐작할 수 있었다.

그의 정체만 밝혀내면 반복되는 죽음이라는 기괴한 현실에서 벗어날 돌파구가 생겨날 것만 같았다. 하지만 이제 남은 시간이 별로 없다. 별 모양의 문신이 하나씩 사라지면서 몸에 힘이 없어지는 것이다. 어제보다 더 심해져서 이제는 제대로 서 있기조차 쉽지 않았다.

이대로 누워 있다가는 카르마가 지르는 불을 피하지 못하고 죽을지도 모른다. 그의 정체를 어느 정도 알아내고 밤 11시에 동료에게 모이라고 연락했지만 카르마가 먼저 알아내서 10시 반에 선수를 쳤다. 마음이 바뀌었는지 혹은 협박을 받았는지 알 수 없는 이유로 세 명이 합심해서 오히려 동현을 공격해 죽였다.

'식당 주방에 숨은 나를 쫓아온 게 카르마였나 보네.'

칼로 벽을 긁는 섬뜩한 소리를 떠올린 동현은 저도 모르게 몸을 부르르 떨었다. 그러다가 한 가지 의문이 들었다.

"그러게. 진짜 어떻게 알았을까? 우리가 나누던 얘기를 누구까지 알았지? 실종된 윤섭이?"

"걔가 그걸 어떻게 알아? 시키는 대로 움직이던 똘마니인데."

"그럼 우리 네 명뿐이네."

"맞아. 네가 여기 들어올 때 말했으니까, 다른 아이들은 알 리가 없지. 알 수도 없고."

김도윤의 얘기를 들으면서 안개 속처럼 흐릿하던 의문이 풀렸다.

'누군가 우리가 모인다는 걸 카르마에게 말한 거야.'

그렇지 않고서야 카르마가 30분 전에 같은 장소에서 먼저 만나자고 할 수는 없었다. 나머지 사람들은 하루가 반복되는 걸 모른다. 그렇다면 카르마와 내통하는 사람이 누군지 알아낼 방법이 있을 것 같았다. 마른침을 삼킨 동현은 도윤이를 올려다보면서 말했다.

"사실, 카르마가 누군지 대충 알아차렸어."

"진짜? 원래는 너도 모른다고 했잖아."

"대충 짐작이 갔어. 그러니까 이따가 열 시에 교문 옆 골프 연습장으로 와."

"거긴 왜?"

"그때까지 정체를 확인할 수 있을 거 같아. 따로 만나서 얘기를 좀 해."

"알겠어. 다른 얘들한테 얘기할까?"

김도윤의 물음에 동현은 고개를 저었다.

"내가 따로 얘기할게. 혹시 카르마가 지켜볼지도 모르니까 올 때까지는 입도 뻥긋하지 말고 걔네랑 가까이 붙어 다니지 마. 혹시 눈치챌 수 있으니까."

"그렇겠지. 알았어."

도윤이 나가고 나서 동현은 억지로 몸을 일으켰다. 이제 남은 두 명을 만나 함정을 파야 한다.

강연에 들어가기 직전에 만난 와이맨에게는 10시 반에 식당 뒤쪽에서 만나자고 말했다. 비밀을 지키라는 얘기에 와이맨은 고개를 끄덕거렸다.

마지막으로 한제아와 얘기를 나누려고 돌아보는데 때마침 복도 화장실에서 나오는 그녀를 발견했다. 손짓으로 그녀를 부른 동현은 두 사람과 같은 방식으로 말을 건넸다.

"이따가 열한 시까지 학교 뒤편 농구장으로 와."

"무슨 일로?"

"카르마 관련 일이야. 입 다물고 아무한테도 얘기하지 마. 도윤이랑 와이맨한테도."

"걔들을 의심하는 거야?"

"그게 아니라 카르마가 이 안에 있는데 우리가 자꾸 붙어 다니면 이상하게 생각할 거 아니야. 따로 얘기해 놨으니까 걱정 마."

동현의 얘기를 들은 한제아는 알겠다고 대답하고는 교실로 들어갔다. 동현도 따라서 들어가려고 했지만 아까부터 참고 있는 어지러움 때문에 제대로 서 있기조차 힘들었다. 때마침 복도를 걸어오던 미친개가 그 모습을 봤다.

"한동현! 계속 몸이 안 좋으면 보건실로 가라."

"그냥 제 침대에 누워 있어도 되겠습니까? 보건실은 누가 또 쓸지도 몰라서요."

따로 계획해 둔 것이 있었기에 침대가 있는 교실로 돌아가고 싶다고 말하자 미친개는 고개를 끄덕였다.

"좋아. 가서 상태가 안 좋아지면 바로 보건실로 가도록 해."

교실로 돌아가게 된 동현은 일단 한숨을 돌리고 나서 화장실 옆에 있는 창고로 향했다. 지난번에 싸우고 나서 갇혀 있을 때 본 것들이 필요했기 때문이다. 가위와 테이프, 책 같은 것들을 잔뜩 가지고 와서 침대 밑에 숨겼다. 그리고 누워서 시간을 보냈다. 어차피 밤이 될 때까지 기다려야만 했고 체력도 보충해야 했기 때문이다.

동현은 누운 채 잠이 들었다가 깼다를 반복했다. 다시 정신을 차린 것은 해가 떨어진 다음이었다. 저녁을 먹은 아이들은 삼삼오오 모여서 얘기를 나눴다. 휴대폰도 없고, TV나 컴퓨터도 없기 때문에 할 수 있는 건 대화와 멍때리기 뿐이었다.

동현은 와이맨이 오기 전에 침대 아래 숨긴 물건을 챙겨서 학교 본관을 빠져나갔다. 그리고 물건을 학교 건물 뒤 주차장

쪽에 숨겨둔 다음 식당으로 향했다.

열려 있는 뒷문으로 들어가 주방에서 식칼을 챙겨오고 어제 농구장으로 가다가 본 화단의 나무 막대기까지 챙겨 주차장으로 돌아왔다. 그리고 테이프를 이용해서 온몸에 책을 붙였다. 보기에 우스꽝스럽고 걷거나 뛰기 불편했지만 어쨌든 공격을 막을 수 있을 것 같았다. 마지막으로 머리에 두꺼운 책을 펼쳐서 쓴 다음에 테이프로 턱까지 이어지게 해서 둘둘 감았다.

지친 동현은 잠깐 쉬었다가 무기를 만들었다. 주방에서 가져온 식칼에 나무 막대기를 대고 테이프로 둘둘 감아서 연결했다. 굉장히 엉성하긴 하지만 창처럼 멀리 있는 상대방을 찌를 수 있을 것이다.

만반의 준비를 갖춘 동현은 어두워진 세상을 보면서 한숨을 몰아쉬었다.

"준비는 완벽해. 이제 기다리기만 하면 되는 거지."

주차장에 있는 차 사이에 숨어 있던 동현은 시간이 되자 천천히 움직였다. 가장 먼저 교문 옆 골프 연습장에 가서 도윤이 말고 아무도 없는 것을 보고는 다시 식당 뒤편으로 향했다.

기다려 봤지만 역시 와이맨만 서성거릴 뿐이었다.

남은 곳은 한곳 뿐이다. 동현은 창처럼 만든 나무 막대기를 지팡이로 쓰면서 농구장으로 향했다. 원래대로면 11시에 만나기로 한 김도윤과 한제아, 와이맨이 30분 전에 카르마를 만나서 설득 내지는 협박을 당하고 동현을 공격했어야 했다. 하지만 세 명에게 각자 다른 시간과 장소를 주었기 때문에 그들이 만날 일은 없었다.

'하루가 반복되는 게 꼭 나쁜 일만은 아니네.'

애써 웃은 동현은 농구장 안에 홀로 서 있는 누군가를 발견했다. 검정색 후드에 가면을 쓰고 있었다. 한쪽 팔이 어색하게 뒤로 숨겨져 있는 걸로 봐서 야구 배트를 숨기고 있는 게 분명했다.

여유가 생긴 동현은 상대방을 천천히 관찰했다. 책으로 몸을 충분히 감쌌기 때문에 야구 배트를 맞아도 어느 정도는 버틸 수 있을 것 같았다. 거기다 나무 막대기에 식칼을 연결해서 만든 창은 야구 배트보다 훨씬 길었다. 컨디션이 안 좋은 게 문제였지만 일단 상대방의 얼굴만 확인할 수 있다면 내일은 기습할 수 있다. 이게 반복되기만 한다면 말이다. 터져 나오는 기침을 억지로 참은 동현은 농구장 안으로 조용히 들어갔다.

'어차피 오래 버티기는 어려우니까 얼른 승부를 보아야 해.'

다리도 후들거리고 그냥 서 있기 힘들 정도로 어지러웠지만 억지로 참고 카르마로 보이는 상대방에게 다가갔다. 상대방은 다가오는 동현을 쳐다보면서도 꼼짝하지 않았다.

동현은 두 손으로 식칼을 붙인 창을 지팡이 삼아 다가갔다. 거리가 가까워지자 상대방이 어제처럼 고개를 갸웃거렸다. 괜히 기분이 오싹해졌다.

동현은 식칼을 붙인 나무 막대기를 단단히 움켜쥐고 앞으로 내밀었다. 그때 상대방이 몸 뒤에 숨긴 야구 배트를 휘둘러서 나무 막대기에 붙은 식칼을 멀리 날려버렸다. 테이프가 생각보다 약했는지 힘없이 날아가는 식칼을 본 동현은 허탈해졌다.

"씨발!"

숨돌릴 틈 없이 카르마의 공격이 이어졌다. 머리를 비롯해 온몸으로 야구 배트가 날아왔다. 다행히 온몸에 책을 테이프로 붙여놓은 덕분에 충격은 어느 정도 있었지만 어제와 달리 버틸 수 있었다. 특히, 머리 위에 놓은 두꺼운 책은 몇 번이고 내리친 야구 배트를 막아줬다.

동현도 힘을 내서 식칼이 사라진 막대기를 휘둘렀다. 하지만 상대방은 여유롭게 동현의 공격을 피했다. 그리고 동현이 제대로 움직이지 못한다는 걸 눈치채고는 주변을 빙빙 돌면서 공격할 기회를 봤다. 그러더니 책으로 제대로 감싸지 못한 무릎 관절과 발등 같은 곳을 노렸다. 이리저리 피하다가 오른쪽 발등이 찍힌 동현은 저도 모르게 비명을 질렀다.

"으악!"

그리고 곧 왼쪽 무릎을 제대로 맞고는 옆으로 쓰러지고 말았다. 카르마는 쓰러진 동현이 일어나지 못하게 발로 밟으면서 야구 배트로 내리쳤다.

계속 맞으면서 책을 붙인 테이프가 떨어져 나갔다. 이제 책들은 제대로 막아주는 방어구가 아니었다.

야구 배트의 공격을 피하려고 기어가던 동현은 나무 막대기에서 떨어져 나간 식칼을 발견했다. 식칼을 움켜쥔 동현은 몸을 돌려 야구 배트를 내리치는 카르마의 발등을 찍었다.

공격에 놀란 카르마는 신음을 내며 뒷걸음질 쳤다. 동현은 그 틈을 타서 힘겹게 몸을 일으켰다. 그리고 필사적으로 발걸음을 옮겼다.

'일단 살아남아야 다음 기회를 노릴 수 있다.'

농구장 옆 주차장으로 피하면서 도망칠 곳을 생각해 봤다. 김도윤과 한제아, 와이맨이 카르마에게 이미 포섭됐거나 협박에 굴복했다면 그들과 마주치는 것도 피해야 했다.

'아예 학교 밖으로 도망칠까?'

어딘가로 갈 수는 없다고 하더라도 일단 시간은 보낼 수 있을 것이다. 하지만 카르마가 빠르게 뒤쫓고 있었다. 발등을 찍혀 한쪽 발을 질질 끌긴 했지만, 컨디션이 엉망인데다가 부상까지 입은 동현보다는 빨리 움직였다.

동현은 아직 옷에 붙어 있는 남은 책들을 뜯어 집어던졌다. 카르마가 주춤한 틈에 동현은 어두컴컴한 주차장 구석으로 몸을 피했다. 주차된 차들 사이에 몸을 웅크리고 숨긴 동현은 식칼을 움켜쥔 채 주차장 가운데서 서성거리는 카르마의 발을 살펴봤다. 서성거리던 발이 학교 본관쪽으로 사라지는 걸 본 동현은 안도의 한숨을 쉬었다.

'조금 더 숨어 있다가 움직이자.'

아예 뒤에 있는 산으로 도망가면 어떨지 생각하는 순간, 뒤통수에 강한 충격이 느껴졌다. 책으로 덮은 머리가 아닌 목덜미 바로 위쪽이라 충격이 고스란히 전해졌다. 누군가 뒤통수에 쇠못을 갖다 대고 망치로 내리치는 것 같았다.

그 바람에 손에 쥐고 있던 식칼을 놓치고 앞으로 푹 쓰러진 동현은 반사적으로 두 손으로 머리를 감쌌다. 하지만 무차별로 내리치는 야구 배트를 막기에는 역부족이었다. 손가락과 팔뚝에서 뼈가 부러지는 소리가 섬뜩하게 들려왔다. 동현은 악을 쓰면서 바닥을 기어 숨어 있던 차 사이를 빠져나왔다. 그리고 자신을 기습한 상대방을 바라보고는 놀랐다.

"어?"

카르마가 다시 돌아왔으리라고 생각했는데 뒤에서 기습한 건 가면을 쓰긴 했지만 긴 머리의 한제아였다. 아까 했던 테스트를 떠올린 동현은 외쳤다.

"너였구나! 배신자!"

하지만 한제아는 아무 대꾸도 하지 않고 야구 배트를 움켜쥔 채 다가왔다. 몸을 웅크리고 있던 동현은 다가오는 한제아의 정강이를 힘껏 걷어찼다. 예상 밖의 공격을 받은 그녀가 휘청거리는 틈에 힘겹게 일어난 동현을 아까 떨어뜨린 식칼을 찾았다. 하지만 너무 어두운 데다가 뒤통수를 맞은 충격에 앞이 잘 보이지 않았다.

식칼을 찾는 걸 포기한 동현은 산 쪽으로 달렸다. 첫 번째 죽음과 연결된 느낌이지만 지금은 어쩔 수 없었다. 거기다 추격자는 한제아뿐이니까 잘하면 역습으로 제압할 수도 있을 것이다.

얼마 안 남은 책을 떼어내던 동현은 딱딱한 하드커버 책 하나만 챙겼다. 움직이기도 힘들었고, 숨도 제대로 쉬어지지 않았다. 하지만 그럴수록 살아야겠다는 애착이 커졌다. 죽음이 반복될 때마다 겪는 끔찍한 고통을 다시 반복하고 싶지 않았다.

숨을 헐떡거리며 산으로 올라간 동현은 학교 근처의 절벽을 피해 높이 올라갔다. 한제아 혼자서는 무리라고 생각해서 그런지 바짝 따라붙지 않았다. 단숨에 산 중턱까지 올라간 동현은 어느 정도 여유를 찾고 바위에 걸터앉았다. 주변이 잘 보였다. 동현은 주변에 큼지막한 돌들을 몇 개 굴려봤다.

"한제아든 카르마든 올라오기만 해봐."

경사가 제법 심해서 돌을 굴리면 아래에서는 피하기 힘들 것이다. 하루만 넘겨 내일이 오면 다른 운명을 맞이할 것 같았다.

드디어 돌파구를 찾았다는 생각에 기뻐하던 동현은 뒤쪽에서 다가오는 발소리를 듣지 못했다. 아래쪽만 내려다보던 동현은 밟힌 나뭇가지가 부러지는 소리를 듣고서야 뒤에서 누군가 접근한다는 사실을 알아차렸다. 동현은 바로 뒤에 서 있는 그림자를 보고 깜짝 놀랐다.

"어?"

상대방은 두 손으로 동현을 힘껏 떠밀었다. 아래쪽으로 데굴데굴 굴러간 동현은 굵은 나무에 옆구리를 부딪치면서 겨우 멈췄다. 굴러떨어지면서 여기저기 부딪치는 고통에 신음도 내지 못했다. 일어나려고 했지만 몸이 말을 듣지 않았다. 옆으로 쓰러진 채 위를 올려다보는데 그를 밀쳐버린 상대방이 돌을 굴리려는 게 보였다.

"안 돼!"

돌을 피하려고 몸을 일으키려 했지만 축 늘어진 몸은 꼼짝도 할 수 없었다. 동현이가 할 수 있는 건 누워서 자신의 머리 쪽으로 정확하게 굴러오는 돌을 지켜보는 것뿐이었다. 엄청난 속도로 굴러온 돌이 코 앞까지 다가오는 걸 본 동현은 눈을 질끈 감았다.

보이지 않는다고 고통이 사라지는 건 아니었다. 코뼈와 이빨이 부러지는 소리가 생생하게 들렸고, 부서진 뼈와 피가 범벅이 된 채 얼굴 안을 파고드는 것도 느껴졌다. 앞의 죽음보다 고통이 생생하게 느껴졌다. 비명도 나오지 않았고, 고통은 이루 말할 수 없을 정도였지만 의식은 또렷했다.

눈이 제 위치에 있지 않고 엉뚱한 방향을 보고 있었고, 뇌에 이빨 같은 게 박혔는지 머리가 계속 쑤셔댔다. 동현을 떠민 상대방은 천천히 아래로 걸어 내려왔다.

동현은 아직 멀쩡한 한쪽 눈으로 다가오는 그를 보았다. 가까이 다가오자 신발이 또렷하게 보였다. 동현은 제발 살려달라고 애원하려 했다. 하지만 이빨과 입술이 모두 제 위치에 있지 않아 웅얼댈 뿐이었다.

가까이 다가온 상대방은 동현의 머리를 박살 낸 돌을 두 손으로 집어들었다. 그리고 다시 내리치려고 높이 치켜들었다. 무기력하게 지켜보던 동현의 귀에 상대방의 목소리가 들렸다.

"운명은 계속되어야 하는 법이지. 그게 규칙이니까."

그리고 상대방은 짧은 기합과 함께 돌을 내리쳤다. 머리가 으깨지는 소리와 함께 동현의 기억과 의식은 사방으로 흩뿌려졌다.

마지막 날

이번에도 시끄러운 벨소리와 함께 의식이 깨어난 동현은 기침부터 했다. 어제보다 더 몸이 안 좋다는 게 명확하게 느껴졌다. 자면서 땀을 엄청나게 흘렸는지 이불과 베개가 축축했다.

힘겹게 몸을 일으킨 동현은 침대에 걸터앉은 채 신발을 신고 열심히 화장하고 있는 와이맨을 바라봤다. 일어나는 소리를 들었는지 고개를 돌린 와이맨이 놀란 표정을 지었다.

"야! 너 괜찮아?"

"몸이 엉망이네. 보건실로 데려다줄 수 있겠어?"

"아, 알았어. 잠깐만 교관한테 먼저 말해야 해."

와이맨이 복도로 뛰쳐나갔다. 교관을 부르는 소리를 들은 동현은 어제의 기억을 정리하려고 애썼다.

'카르마와 내통한 배신자가 누군지는 알아냈으니까 추궁하

면 정체를 밝힐 수 있을 거야.'

몸이 계속 안 좋아지는 게 카르마가 준 마약의 금단 증상 때문이라면, 정체를 밝힌 후에는 일단 약을 받아서 컨디션부터 회복하겠다고 마음을 먹었다.

그리고 어젯밤에 봤던 카르마의 모습을 통해 누군지 유추해 봤다. 생각보다 키가 컸고 남자라는 건 알아냈지만 그 외에는 알 수 있는 게 없었다. 검정색 후드를 뒤집어쓰고 가면까지 썼기 때문이다. 절벽에서 밀친 상대방 역시 누군지 알 수 없었다. 그러다가 생각이 한 지점에서 멈췄다.

"신발."

동현은 중얼거리며 자신이 신고 있는 신발을 내려다봤다. 코에서 떨어진 코피가 신발에 묻었다. 때마침 돌아온 와이맨이 호들갑을 떨었다.

"쟤, 코피 흘려요. 교관님."

미친개가 들어와서는 동현의 상태를 살폈다. 그리고 와이맨에게 어제와 비슷한 얘기를 했다.

"얼른 보건실로 데리고 가!"

말은 그렇게 했지만 미친개는 와이맨과 함께 부축해서 보건실로 데리고 갔다. 보건 선생님도 깜짝 놀라 동현을 침대에 눕혔다. 두 사람이 나가자 보건 선생님이 바로 열을 체크하고는 고개를 절레절레 저었다.

"열이 너무 높네. 내가 교관이랑 얘기해서 구급차를 불러 볼게. 병원으로 가는 게 좋겠어."

순간적으로 이곳을 벗어날 수 있다는 생각에 기뻤지만 곧 다른 생각이 들었다.

'여기서 그냥 벗어나면 카르마를 못 찾는 거잖아.'

그의 정체를 밝혀내지 못하면 반복되는 일상과 죽음이 이어질 것 같았다. 거기까지 생각이 미치자 갑자기 잊고 있었던 게 떠올랐다. 이불 속에 있던 오른팔을 꺼내 팔목 안쪽을 살펴봤다. 예상대로 별 모양 문신은 하나밖에 남지 않았다. 동현은 보건 선생님에게 말했다.

"어차피 내보내 주지 않을 거예요. 그러니까 오늘 하루 정도 버틸 약만 처방해 주세요."

"진짜 큰일 나. 이러다가."

"하루 버텨보고 못 견딜 거 같으면 말씀드릴게요."

동현의 간절한 눈빛을 본 보건 선생님이 알겠다고 하고는 몇 가지 약을 주었다. 건네받은 약을 한 번에 삼킨 동현은 잠깐 누워 있었다.

잠시 후, 약 기운이 돌면서 몸이 조금 가뿐해졌다. 숨을 내쉬면서 일어난 동현은 보건 선생님에게 인사하고 밖으로 나왔다.

아이들은 운동장에서 한창 구르는 중이었다. 컨디션이 좋아졌다고는 하지만 뛰어다닐 정도는 아니라서 방으로 돌아갔다. 침대에 걸터앉은 동현은 점심시간이 되기를 기다리면서 계획을 짰다.

세 명 중 누가 카르마와 내통했는지는 알았다. 그걸 통해 이제 카르마의 정체를 밝히고 그의 공격을 막아내야 한다.

"기회는 한 번뿐이야."

한 번 죽을 때마다 사라지는 별 모양 문신이 이제 하나밖에 안 남았다. 가면 갈수록 죽음은 더 끔찍했다. 이번 죽음이 어떤 일의 마지막일지 모른다는 생각이 들었다.

약 기운 때문인지 살짝 어지러웠지만 어제보다는 훨씬 움직이기 쉬웠다. 체력을 끌어올리려고 버티고 있는데 점심시간이 시작되었다. 동현은 식당으로 움직이는 아이들을 보며 슬슬 따라 움직이기로 했다.

여자 숙소는 2층이었는데 한제아는 복도 끝 쪽을 쓰고 있어서 1층 본관 제일 끝 복도에서 바로 올라갈 수 있었다. 그곳 근처에서 서성거리던 동현은 식사를 마치고 숙소로 올라가려는 한제아와 마주쳤다. 고개를 숙인 채 걸어오던 그녀는 동현을 보고는 주춤거리며 뒤로 물러났다. 동현은 빠르게 다가가서 한제아의 팔목을 움켜잡았다.

"뭐야!"

한제아가 발버둥과 함께 소리쳤지만, 동현은 개의치 않고 학교 뒤쪽 주차장으로 끌고 갔다. 그리고 한제아에게 쏘아붙였다.

"너지?"

"뭐가 나라는 거야?"

"카르마랑 내통한 거!"

그 이름을 듣는 순간 한제아의 표정이 무너져 내렸다. 어젯밤에 세 명에게 각자 다른 시간, 다른 장소를 말했다. 카르마는 가장 마지막 한제아와 만나기로 한 시간과 장소에 나타났다. 결론적으로 카르마와 연락을 주고받은 건 한제아다. 움찔한 한제아가 고개를 저었다.

"무슨 소리야?"

"다 알고 있으니까 거짓말할 생각하지 마."

동현의 압박에 한제아는 계속 아니라고 했지만 그럴 때마다 표정이 점점 더 무너져 내렸다. 결국 한제아가 큰 한숨과 함께 털어놨다.

"미안해."

"괜찮으니까 카르마가 누군지 말해봐."

"직접 본 적은 없어."

"거짓말! 그런데 어떻게 연락한 거야?"

"정말이야. 걔가 가끔 나한테 쪽지를 던져. 그러면 저녁 먹고 숙소로 돌아가서 창밖으로 쪽지를 던지면 가져가."

"이 층에서?"

"어, 누군지 보려고 했는데 쇠창살이 있어서 내려다볼 수 없었어."

"무슨 얘기를 나눴는데?"

"너랑 패거리의 동정을 알리라고 했어."

"그러면?"

"여기서 나가면 약을 계속 준다고……."

말끝을 흐린 한제아가 결국 눈물을 터트렸다.

"너 때문이야. 네가 나를 끌어들였잖아. 걔가 준 약을 먹지 않으면 미친다고."

"어떻게 미치는데?"

"너 여기 나가봤어?"

갑작스러운 한제아의 물음에 동현은 거짓말을 했다.

"없어."

"어제 나가봤는데 출구가 없어."

"출구가 없다니."

엉뚱한 대답에 동현이가 반문하자 한제아가 주변을 살펴봤다.

"여기가 어딘지 모르겠어. 어젯밤에 몰래 도망쳐 봤어."

"밖으로?"

"어, 교문 옆 담장을 넘었어. 그래서 몇 시간 동안 걸었는데 아무것도 안 나왔어. 여기가 아무리 시골 깡촌이라고 해도 몇 시간 걸으면 뭐라도 나와야 하는 거잖아."

한제아의 하소연에 비슷한 경험이 있던 동현은 저도 모르게 고개를 끄덕거렸다. 그러자 한제아가 말을 이어갔다.

"미치겠어. 시간이 느리게 흘러가거나 아니면 같은 하루가 반복되는 것 같아. 너는 안 그래?"

한제아 역시 자신처럼 괴이한 시간을 보내고 있다는 걸 깨달았다. 그렇다면 나머지 두 명 역시 같은 고통을 겪고 있을지 모른다는 생각에 혼란이 더 커졌다.

"이게 다 약 때문일까?"

동현의 물음에 한제아가 울먹거리면서 고개를 끄덕였다.

"맞아. 그 약을 못 쓰면 이상한 일들이 생겨나. 그래서 카르마가 시키는 대로 할 수밖에 없었어."

"언제까지 그럴 수는 없잖아."

"맞아. 그래서 네가 카르마에게 대항해야 한다고 했잖아. 약도 찔끔찔끔 주면서 노예처럼 굴린다고 해서 말이야."

"그걸 카르마가 눈치채고 여기까지 따라온 거야?"

"몰라. 그냥 어느 날 쪽지가 온 게 시작이었어."

"어차피 휴대폰이 없으니까 연락할 방법이 그거밖에 없잖아."

한제아가 차츰 눈물을 그쳤다. 잃어버린 과거가 어느 정도윤곽이 드러나자, 동현의 감정은 여러모로 복잡해졌다.

오늘 밤에 무슨 일이 어떻게 벌어질지는 그동안 죽으면서 깨달았고, 마지막 연결고리인 카르마와 내통한 아이도 찾아냈다. 이제 남은 건 카르마의 정체였다.

정면 대결에서는 이길 방법이 없었다. 아무리 준비를 잘해도 예상치 못한 상황이 생겨날 것이다. 그런데 이번에 한제아와의 대화를 통해 그의 정체를 알아낼 기회가 생겼다.

동현은 마른침을 삼키며 물었다.

"오늘 저녁에도 쪽지를 던지겠네?"

그의 물음에 한제아가 고개를 끄덕거렸다.

"여섯 시 반에 창밖으로 던지기로 했어."

동현은 고개를 들어 한제아가 머무는 학교 본관 2층을 바라봤다. 카르마가 6시 반에 쪽지를 받으러 창가 아래로 오는 게 확실하다면 이제 그의 정체를 밝히는 건 시간 문제다. 밤중에 농구장에서 만났을 때처럼 가면을 쓰고 다니지는 못할 테니까 말이다.

카르마의 정체를 알아낸다면 매일 반복되는 죽음을 피할 수 있을 것이라는 생각에 동현은 마지막 희망을 부풀렸다.

동현은 한제아에게 말했다.

"넘어가 줄 테니까 오늘 저녁 여섯 시 반에 창밖으로 쪽지를 던져. 알겠어?"

동현의 얘기를 들은 한제아는 고개를 끄덕거리며 손으로 눈물을 닦았다. 그 모습을 보고 뭔가 위로해 주고 싶었지만 그럴 기분도 아니라서 그냥 자리를 떴다.

약 때문인지 몸을 움직이는 건 큰 문제가 없었다. 하지만 죽을 때마다 사라지는 별 모양 문신이 이제 하나밖에 남지 않았다는 점, 그리고 아직 카르마의 진짜 정체를 모른다는 점은 마음을 무겁게 만들었다.

침대가 있는 교실로 돌아온 동현은 다시 이불을 덮고 누웠다. 체력을 아끼고, 지켜보고 있을 카르마가 방심하게 계속 아픈 척을 할 생각이다. 동현은 시간이 흘러가기를 기다리면서 생각해 봤다.

'어디서부터 잘못된 걸까?'

지금까지 주변 사람의 반응을 살펴보면 정말 나쁜 짓을 한 게 분명했다. 그래서 이곳에 강제로 끌려왔고, 이상한 일을 겪는 중이었다. 지옥에 있는 것 같은 이상한 꿈도 꾸었다. 무엇보다 매일 반복된 죽음이 두렵고, 지쳤다. 그래서인지 반드시 원인을 밝혀내고 멈추고 싶었다.

초조함과 불안감 때문에 식은땀이 잔뜩 흘러나왔다. 하지만 동현은 저녁이 될 때까지 말없이 침대에 누워 시간을 견뎌냈다. 마침내, 6시가 넘자 해가 서서히 저물 기미를 보였다. 그 사이에 동현은 카르마가 어떤 식으로 움직였고, 앞으로 어떻게 나올지를 추측해 봤다.

'우리 셋이 배신할까 봐 여기까지 따라와서 감시한 게 분명해. 그리고 한제아를 포섭해서 우리가 무슨 일을 꾸미는지 알아낸 거지. 그리고 내가 정체를 어느 정도 알아차리고 셋에게 모이라고 하니까 한제아를 먼저 불러서 포섭한 다음 셋이 나를 죽이게 한 거였어.'

이런 흐름 속에서 계속 죽어간 기억이 떠오르자 눈가가 파르르 떨렸다. 오전에 보건 선생님에게 받은 약 덕분에 컨디션은 조금 좋아졌지만 감정이 마구잡이로 요동쳤다.

시간이 6시 반에 가까워지자 동현은 천천히 몸을 일으켜 학교 본관 밖으로 나왔다. 밖에는 저녁 식사를 마친 아이들이 여기저기 모여서 얘기를 하는 중이었다.

천천히 학교 본관을 따라서 걷던 동현은 한제아가 머무는 2층 아래쪽에 도착했다. 주변에는 아이들이 몇 명 보였다. 하지만 카르마일 것 같은 아이는 보이지 않았다.

이리저리 걷다가 다리가 아파진 동현은 학교 본관과 식당 사이에 있는 벤치에 앉았다. 페인트가 벗겨진 낡은 벤치에서는 학교 본관과 그 앞이 잘 보였다. 시간은 6시 30분을 향해 가고 있었다.

'이제 카르마의 정체를 밝혀낼 시간이네.'

이상하게도 마음이 덤덤했다. 벤치에 앉아 한제아가 지내는 2층 창가 아래를 물끄러미 바라봤다. 그리고 창가 아래쪽에서 서성거리는 아이들도 눈여겨봤다. 어제 만났던 카르마와 덩치나 체구가 비슷한 존재가 있는지도 바라봤다.

드디어 6시 반이 되었다. 마른침을 삼킨 동현이 한제아가 머무는 2층 창문을 바라봤다. 잠시 후, 뭔가가 창밖으로 날아와서 떨어졌다.

"드디어."

동현은 저도 모르게 벤치에서 일어났다. 쪽지가 떨어진 곳을 뚫어지게 바라보는데 누군가 잽싸게 챙겨갔다. 카르마가 나타나리라 기대했는데 뜻밖의 인물이었다.

"저 사람은……."

쪽지를 주운 건 미친개였다. 태연하게 쪽지를 챙긴 미친개는 아이들 사이를 지나갔다. 동현은 예상 밖의 인물이 등장하자 당황했다.

'어떻게 하지?'

동현은 잠시 멈칫했지만 미친개를 따라갔다. 미친개는 학교 본관 뒤쪽의 주차장으로 향했다. 겁이 나긴 했지만 카르마의 정체를 밝히는 일을 포기할 수 없었다. 들키지 않게 적당한 거리를 유지하면서 지켜봤다. 다행히 미친개는 산을 바라보고 있어서 학교 본관 모서리에 숨어서 지켜보던 동현은 들키지 않았다.

'뭐가 어떻게 돌아가는 거야?'

미친개가 카르마일지도 모른다고 생각하는 동안 누군가 주차장으로 다가왔다. 숨어 있는 곳에서는 잘 보이지 않아 누구인지 알아볼 수 가 없었다.

미친개가 만나는 사람의 얼굴을 확인하려고 움직이던 동현은 나뭇가지를 밟고 말았다. 와지끈하며 부러지는 소리가 들리자 두 사람이 동시에 몸을 돌렸다. 동현은 반사적으로 몸을 숨겼다가 불안한 마음에 자리를 옮겼다. 그리고 학교 본관에서 서성거리는 아이들 사이에 섞였다. 그리고 자신의 실수를 자책했다.

"거의 다 왔는데."

하지만 일단 들키지 않고 정체를 알아내는 게 중요했기 때문에 다른 방법을 찾아보기로 했다. 잠시 고민하던 동현은 아까 미친개와 만난 사람이 파란색 트레이닝복을 입지 않았다는 것을 떠올렸다.

"학생이 아니잖아?"

동현은 미친 개와 얘기를 나누는 상대방의 옷차림과 신발을 떠올려 봤다. 신발은 그를 매일 죽이던 남자의 것과 똑같았다. 그리고 옷차림까지 감안하니 누군지 금방 생각났다.

"맙소사."

동현은 이해가 잘 가지 않았다. 하지만 두 사람이 만난 건 사실이었고, 미친개가 창밖으로 던져진 쪽지를 챙겨서 그에게 건네준 것도 명확했다.

일단 최종적으로 누가 카르마인지 알아낸 상황이었지만 어떻게 대면하고 해결해야 할지에 대한 문제가 있었다. 동현은 시간이 흐르면서 몸의 컨디션이 안 좋아지는 걸 느꼈다. 얼른 결판을 내야했다. 동현은 한 가지 방법을 생각했다.

주변을 살펴보던 동현은 교문으로 향했다. 그리고 틈을 봐서 교문 옆의 담장을 넘어갔다. 밖으로 나온 동현은 구불구불한 도로를 따라 걸어갔다. 머리가 차츰 어지러워지고 숨도 가빠졌다. 하지만 이게 지옥같이 반복되는 일상과 죽음에서 벗어날 수 있는 마지막 기회였기 때문에 꾹 참고 움직였다.

도로를 따라서 걷던 동현은 급커브에서 멈췄다. 그리고 주변을 살펴보다가 큰 돌 몇 개를 도로 위로 굴린 다음 산 위로 올라가서 지켜봤다. 쪼그리고 앉은 동현은 학교 쪽을 뚫어지게 바라봤다. 해가 저물며 날씨가 쌀쌀해지기 시작했다. 동현은 두 팔로 몸을 끌어안은 채 추위와 지루함을 견뎠다.

드디어 어둠 너머에서 헤드라이트 불빛이 보였다. 몸을 일으킨 동현은 돌이 깔린 도로를 내려다봤다. 예상대로 급커브라서 돌을 보지 못한 자동차는 급히 옆으로 틀어서 피하다가 그만 가드레일과 충돌하고서 도로 밖으로 튕겨 나갔다.

한 바퀴 구르면서 뒤집어진 차에서 타이어 하나가 빠져 어둠 속으로 사라졌다. 헤드라이트도 하나가 깨지면서 외눈박이가 되어버렸다.

동현은 천천히 휘어진 가드레일을 넘어 자동차가 있는 곳으로 내려갔다. 그리고 뒤집힌 자동차의 운전석을 살펴보려고 옆으로 돌아갔다. 그리고 쪼그리고 앉으면서 말했다.

"당신이 카르마일 줄은 꿈에도 몰랐어요. 오윤성 편집장님."

하지만 자동차 운전석에는 아무도 없었다. 놀란 동현은 조수석 쪽도 살펴봤다. 그렇지만 거기도 텅 비어 있었다.

동현은 벌떡 일어나 주변을 살펴봤다. 혹시 충격 때문에 밖으로 튕겨 나갔을지 모른다는 생각이 든 것이다. 하지만 어둠은 오윤성 편집장의 모습을 보여주지 않았다.

"이번에도 놓쳤나?"

그때, 뒤에서 이상한 소리가 들렸다. 고개를 돌린 동현의 눈에 피투성이가 된 채 서 있는 오윤성이 보였다. 동현은 피범벅이 된 그를 향해 외쳤다.

"당신이 카르마지! 겉으로는 우리를 미워하는 척하면서 사실은 우리를 이용해서 돈을 벌고 있었어! 위선자!"

오윤성은 고통 따위는 잊어버린 듯이 피식 웃으며 다가왔다. 그러고는 뒤집어진 차에 기댄 채 주머니를 뒤져 담배를 꺼냈다. 깊게 빨아들이고 나서 뱉은 담배 연기가 어둠 속에서 안개와 섞였다.

"이제 다 끝났으니까 알려주지. 뭐가 궁금해?"

여유로운 오윤성의 모습에 겁이 난 동현은 한 걸음 뒤로 물러섰다.

"내가 왜 자꾸 비슷한 하루를 보내고 죽는 거지? 네가 준 마약의 금단 증상이야?"

"정말 기억이 나지 않는 모양이네. 미치겠지?"

약 올리는 것 같은 말투에 발끈한 동현이 소리를 질렀다.

"나쁜 새끼! 매일 죽는 게 얼마나 고통스러운지 알아?"

"알지. 그래서 너는 매일 죽는 거야."

영문을 모르는 말을 한 오윤성 편집장의 얼굴이 갑자기 울룩불룩해지더니 누군가의 얼굴로 변했다. 동현은 오윤성 편집장의 바뀐 얼굴을 보고는 흠칫 놀랐다.

그리고 기억이 태풍처럼 머릿속으로 몰아쳤다.

"너!"

동현이 내리친 쇠파이프에 맞은 흔적이 역력한 윤섭은 특유의 말투로 입을 열었다.

"잘 지냈어? 나를 죽인 다음 묻을 곳을 찾다가 다른 애들이랑 강원도까지 뛰었다며?"

"뛰긴 뭘 뛰어? 그냥 바람 쐬러 간 거야."

변명하는 동현을 보고 강윤섭이 피식 웃었다.

"그런데 하필이면 운전을 개판으로 하는 와이맨에게 핸들을 맡겼지. 사고 난 곳이 여기처럼……."

잠시 말을 끊고 주변을 돌아본 강윤섭이 덧붙였다.

"구불구불한 도로였잖아. 속도를 이기지 못한 차가 튕겨 나가면서 뒤집어졌고 말이야."

와이맨이 운전하는 차는 동현의 아버지 차였다. 와이맨이 핸들을 잡은 채 동현에게 물었다.

"어디라고 했지?"

"이 길 따라서 쭉! 가다 보면 주황색 기와가 있는 집이 한 채 있어. 아버지가 사놓은 집인데 열쇠도 나한테 있어."

"가서 짱박혀 있으면 되는 거지?"

뒷좌석에 앉은 김도윤이 불안한 말투로 묻자 동현이 짜증을 냈다.

"증거가 없잖아, 증거가. 고만 좀 쫄아라."

도윤 옆에 앉은 한제아가 물었다.

"약하디약한은?"

"몰라, 잠깐 멈춰야지."

"손님 다 떨어져 나가는 거 아냐?"

"가서 좀 짱박혀 있다가 잠잠해지면 나와서 다시 시작하면 돼."

둘이 수긍하는 표정을 짓고 있는데 핸들을 잡은 와이맨이 물었다.

"윤섭이는 어떡하지?"

그 말을 들은 나머지 세 사람의 시선은 달리는 차의 트렁크로 향했다. 잠시 후 동현이 입을 열었다.

"어쩌긴, 가다가 묻어야지."

"진짜 배신 때리려고 했던 거 맞아?"

"그렇다니까. 그리고 평소에 좀 재수가 없었잖아."

동현이 동의를 구한다는 표정으로 셋을 바라봤다. 다들 아무 말이 없었다. 셋의 반응을 본 동현이 짜증을 내려는 찰나, 빠르게 달리던 차가 휘청거렸다.

"뭐야!"

동현이 놀라서 소리치는 순간, 차가 붕 뜨더니 도로 옆 가드레일을 들이받고는 거꾸로 뒤집힌 채 떨어졌다.

"으악!"

엄청난 충격과 함께 차 안에 타고 있던 네 아이는 이리저리 뒤엉켰다. 네 명 모두 안전벨트 같은 것도 하지 않았다. 운전하던 와이맨은 앞 유리창을 뚫고 밖으로 튕겨 나갔다. 바닥이 된 천장에 구겨진 채 쓰러진 동현은 온몸의 뼈가 다 부러진 것 같은 느낌에 고래고래 소리를 질렀다.

"살려주세요. 여기 사람 있어요!"

그 와중에 타는 냄새가 났다. 뒤쪽을 보니 차에서 흘러나

177

온 기름에 불이 붙은 게 보였다.

"씨발! 이러다가 타 죽겠어."

어떻게든 빠져나가려고 했지만 몸이 말을 안 들었다. 거기다 차가 뒤집힌 채 떨어지면서 납작하게 찌그러져서 빠져나갈 수 없었다. 시시각각 다가오는 불길을 보면서 두려움에 떨던 동현은 다시 현실 같지 않은 현실로 돌아왔다.

자신이 무슨 일을 겪었는지 기억이 난 동현이 두 팔로 어깨를 감싼 채 중얼거렸다.

"내가 죽은 거야?"

대답은 머리가 부서진 강윤섭의 몫이었다.

"물론이지. 그리고 앞으로도 계속 죽을 거야."

"뭐라고?"

"죄를 지은 사람은 자기가 벌인 짓만큼 죽게 되어 있어. 너는 엄청나게 나쁜 짓을 많이 저질렀으니까 수십 번을 더 죽어야 해. 기억은 사라지겠지만, 죽음의 고통은 계속 축적될 거야."

"헛소리하지 마! 여긴 대체 어디야?"

"너같이 죄를 지은 인간이 심판받는 곳."

"지, 지옥이라고?"

"거긴 네가 가기에 너무 편안한 곳이지. 너는 여기서 죗값을 치를 때까지 죽고 또 죽을 거야."

강윤섭의 얘기가 믿겨지지 않은 동현이 악을 쓰며 외쳤다.

"내가 왜 죽어!"

"남을 죽였으니까, 이곳의 원칙은 간단해. 남에게 고통을 준 만큼 죽는 거지. 북두칠성의 숫자에 따라 일곱 번을 죽고 다시 그런 죽음이 일곱 번 반복되는 거지. 앞으로 여섯 개의 북두칠성이 남았어."

"매일 죽는다고? 시, 싫어."

"여기에서는 벗어날 수 없는 일이야."

비로소 모든 사실을 안 동현은 고래고래 소리를 질렀다.

"여, 여기가 어딘데? 어! 말해 봐!"

윤섭은 대답 대신 하늘을 올려다봤다.

고개를 든 동현의 눈에 거대한 회오리 모양의 구름이 점점 거대해지는 게 보였다.

"이제 다시 죽어야 할 시간이야."

"뭐라고! 내가 왜!"

"매일 죽을 만큼 잘못했으니까."

거대한 회오리 모양의 구름 안에 있던 빛이 점점 커지면서 온 세상을 집어삼켰다. 그리고 비명을 지르던 동현도 그 빛에 빨려들어가며 윤섭을 보았다. 어쩐지 윤섭의 얼굴이 자기를 닮은 것 같기도 했다.

또 죽음

동현은 아랫배에서 치밀어 오르는 고통에 못 이겨 걸음을 멈추고 숨을 헐떡거렸다. 속은 계속 울렁거리고, 다리도 휘청거렸다.

주변이 어두워서 아무것도 보이지 않았는데 숨을 쉴 때마다 애간장이 녹아내리는 느낌이다. 손으로 움켜쥔 아랫배에서는 계속 피 같은 것이 철철 흘러내렸다.

"대체 누가 쫓아오는 거지? 왜?"

나무를 붙잡은 채 생각에 잠긴 동현의 뒤에서 소리가 들렸다. 누군가 나뭇가지를 밟아서 부러지는 소리였다.

마치 화살처럼 쫓아오는 소리는 눈에 보이지 않기에 더 두려웠다.

'저 소리에 따라잡히면 안 돼.'

이유는 알 수 없었다.

소리에 따라잡히지 않으려고 동현은 억지로 몸을 움직였다. 세포 하나하나가 비명을 질렀다.

하지만 바닥에 깔린 낙엽 때문에 자꾸만 미끄러졌다. 아랫배의 통증은 점점 심해져서 누군가 정을 머리에 박고 두드리는 것 같았다. 그러는 와중에 쫓아오는 소리는 더욱 가까워졌다. 이러다가 붙잡힐 것 같다는 생각에 마음이 급해진 동현은 힘을 쥐어짰다. 하지만 한 걸음이나 옮겼을까? 더 움직이지도 못한 채 주저앉고 말았다.

"이러다 따라잡히겠어."

초조한 마음에 왼손으로 나무를 붙잡고 일어나려 했지만 힘이 없어 몸만 더 굴렀다. 당장 토할 것 같았다. 차라리 죽는 게 더 나을 법도 했다. 하지만 동현은 이유도 모르고 죽기 싫었다.

"으악!"

급하게 경사진 곳이라 주르륵 미끄러졌다.

균형을 잡지 못한 동현은 나무와 돌에 이리저리 부딪치다가 절벽에서 떨어졌다. 바닥에 떨어지면서 온몸에 극심한 충격을 느꼈다. 온몸의 뼈들이 다 칼날이 돼 내장을 찌르는 듯한 고통이 몰려왔다. 어두운 하늘에 손톱 조각처럼 박힌 초승달이 보였다. 그리고 점점 더 시야가 흐려졌다.

'이런 게 죽음인가?'

온몸이 느끼는 고통 위에 몸서리쳐질 만한 차가움이 몰려왔다. 숨도 제대로 쉬기 힘들었다. 숨 자체가 고통이었다. 고통이 생생하게 각인되는 와중에 절벽 위에 선 세 개의 그림자가 보였다.

'사, 사람인가?'

동현은 마지막 순간에야 그들이 사람이라는 걸 알 수 있었다. 자세히 보이지는 않았지만 자신을 내려다보고 있다고 확신했다.

그리고 그 확신을 마지막으로 얼음 같은 죽음이 찾아왔다.

작가의 말

어느 날 갑자기 일상이 반복되고, 그 반복된 일상의 끝이 죽음이라면 우리는 어떻게 살아야 할까요?

이상함을 느끼고 벗어나려고 해도 벗어날 수 없다면, 끝없는 무력감과 좌절감을 느낄 겁니다. 사실 일상은 반복되지 않고 죽음도 반복되지 않습니다. 그런데 죽음이 끝인 반복된 삶을 살아가야 하는데 그 이유가 내가 지은 죄라는 사실이 밝혀진다면 어떨까요? 아마도 큰 충격을 받게 될 겁니다.

《매일 죽어야 하는 X》는 같은 하루가 반복된다는 타임루프물이자 죄와 벌에 관한 근본적인 물음을 던져주는 작품입니다. 안타깝게도 적지 않은 범죄자가 반성하지 않습니다. 과거에는 혹독한 고문이 존재했고, 현재는 일정 기간 감옥에 가두는 수감을 통해 반성과 재발 방지를 하려고 합니다. 물론 진심으로 뉘우치고 다시는 범죄를 저지르지 않는 사람도 있지만 많은 범죄자가 자신의 처벌에 불만을 품고, 다른 사람 탓을 하면서 자신의 죄를 정면으로 바라보려고 하지 않습니다.

저는 진심으로 자신의 죄를 뉘우칠 수 있게 하려면 어떻게 해야 하나 하고 생각하다기 이번 작품을 구상했습니다. 자신의 죄 때문에 반복되는 시간에 갖혀 죽음을 당해야 한다면 당사자는 어떤 마음이 들까요? 대한민국은 안전한 국가이고 범죄가 많이 발생하지는 않습니다. 하지만 그렇다고 범죄가 발생하지 않는 건 아닙니다. 우리나라가 좀 더 안전해지고, 범죄자가 진심으로 반성하는 세상을 꿈꾸면서 이번 작품을 썼습니다. 재미있게 읽어주시고 범죄를 어떤 시선으로 봐야 할지를 한 번쯤 고민해 주시기를 바랍니다.

정명섭